眼鏡屋　視鮮堂

優しい目の君に

桜井美奈

講談社
タイガ

イラスト——あいるむ
デザイン——長崎 綾（next door design）

目次

眼鏡屋　視鮮堂

優しい目の君に

プロローグ

『お願いします。僕に眼鏡《めがね》を作ってください！』

夜の街に、岸谷奏多《きしたにかなた》の声が響いた。

道行く人たちは、きっと何事かという視線を向けているだろう。だが、今の奏多には、人にどう見られようと関係ない。車道を走る車のライトが強い光で照らすが、視界には、自分の足元しか映っていなかったからだ。

「頭を上げてください」

呆《あき》れたような声が、奏多の頭上から聞こえた。そこには呆ればかりでなく、若干《じゃっかん》の困惑とため息も含まれているようだった。

でも奏多は、頭を下げたままもう一度「お願いします」と懇願《こんがん》した。

「顔を見せてくれなければ、岸谷さんのお話は、絶対に聞きません」

絶対に、を強調するような言い方に、奏多は顔を上げるしかなかった。

その瞬間、天宮玲央《あまみやれお》の顔を、通り過ぎていく車のライトが照らす。

——やっぱり綺麗《きれい》だ。

こんな場面で不謹慎ではあるが、初めて会ったときと同じ感想を、奏多は抱いた。

身長は奏多より十センチ以上低いから、せいぜい百七十センチくらいだが、頭が小さく手足が長いため、恐ろしくスタイルが良い。顔も鼻筋が通っていて、二重《ふたえ》の線もくっきりとしている。ただ、眼鏡越しの瞳からは感情が見えず、さらに整い過ぎている顔立ちとあって、どこか作り物めいた感じがした。が、玲央は間違いなく奏多の声に耳を傾けている。その証拠に、玲央の瞳は奏多の方を向いていた。

「俺、明日までに眼鏡が欲しいんです」

「……ずいぶん急ですね」

「すみません！　でも、さっき言われて……」

約一時間前のことだ。

奏多は所属する大学の、野球部の練習のあと、監督に呼ばれた。

その時点で、あまりいい話ではないことはわかっていた。ここ数ヵ月覚悟はしていたし、現状を考えれば、よくここまで待ってもらえたと思うからだ。

だが、頭では理解していても諦めきれないことはある。だから奏多はずっともがいていた。もがいて、もがいて——先日、玲央が勤めている病院に行った。

でも、三ヵ所の病院で診てもらっても、診断結果は変わらなかった。どの医師からも、これ以上の回復は難しいと言われた。

だけど、玲央だけは違った。

オプトメトリストを名乗る玲央は、落ち込む奏多に救う言葉をくれた。

「天宮さん、言いましたよね。眼鏡を変えれば、良く見えるようになるって」

だから奏多は玲央のところへ来た。玲央なら何とかしてくれると思っていたから。

「いいえ」

「えっとでも……先日、天宮さん〝眼鏡を変えれば見えるようになる〟って」

「私は、眼鏡を変えたら良く見えるようになるとは言いません。眼鏡を変えれば見え方が変わるだろう、と言っただけです」

「お……同じことじゃないんですか？」

「違います」

何が違うのか、奏多にはわからないが、迷いのない様子からそれが真実だということだけは理解できた。

奏多は足の力が抜けていく感じがして、その場にしゃがみこんだ。

「やっぱり、ダメか……」

こんな風に終わりたくなんてなかった。明日の試合では、全力でやりたかった。

だけど、この目が治らない以上、どんなに頑張ったところで結果は変わるわけがない。

「俺の目。どうして前と同じように見えないんでしょうね。手術、失敗したのかな」

何回も、何十回も思ったことだ。本当は医療ミスではないのだろうか。頭から疑っているわけではないが、実際に前のようには見えないのだから、〝失敗〟という言葉が頭から離れない。

歩行者信号の点滅する青色が地面に映《うつ》る。赤に変わると、自動車が発進する音がした。しゃがんでいた奏多の腕を玲央に引き上げられる。男性の中では細身に見える玲央だが、想像以上に力強かった。

「いきなりなんですか?」

「話しにくいです。立っているのが辛いようであれば、私がしゃがみますが」

「……すみません」

ちょっと恥ずかしい。立ったことで顔の位置は近くなったが、奏多は玲央とは視線を合わせられなかった。

「手術のことですが……私は医師ではありませんので、診断を下すことはできませんが、検査結果を見る限り、失敗したとは思いません。かなり回復されたと思います」

「だったらどうして、前と同じようにボールが見えないんですか? 手術が成功したなら、元に戻っても良いじゃないですか!」

「元の状態に戻るイコール成功と考えるのであれば、少なくとも岸谷さんの場合、どんな名医が執刀しても失敗になると思います」

「どうしてですか？」

「岸谷さんの怪我《けが》の程度からすると、手術は失明や著しい視力低下を避けるためのことで、完全に前の状態に戻すことは無理だと医師は判断しました。最善を尽くしても、今の医学ではできないことは存在します」

「そのできないことが俺の目……ですか」

今日は一日曇り空だった。夜になっても変わらず、月も星も見えない。街灯と通り過ぎる車のライトが道を照らすが、昼間に比べると到底明るさは足りない。

だけど夜に聞く玲央の声が奏多の耳に優しく響く。淡々とした説明なのに、逆にそれが奏多の心を静めてくれた。

今だって、気持ちの上では受け入れられない。だけど事実は理解できた。

「そっか、俺、プロ野球選手を目指していたんですけど、もう前みたいにプレーできないんですね……」

「それはどうでしょうか」

「でも、元には戻らないって……」

「ええ、元には戻せません。ですが、プレーができないと断言するのも、違うかもしれません。岸谷さんの場合、眼鏡を変えれば見え方が変わることは確かですから」

奏多は玲央の目を覗《のぞ》き込むように顔を近づけた。

「天宮さんは……変えられると思ったから、私のところへ来たのではないですか？」

「変えられると思ったから、私のところへ来たのではないですか？」

玲央は自信があるのか、確信に満ちた様子だ。

やっぱり玲央のところへ来たのは正解だった。

そう思った奏多は、無意識に玲央の手を握った。その手は温かく、奏多の冷えた指先に熱がともった。

「お願いします。眼鏡を作ってください。明日の試合に俺の人生がかかっているんです！」

しばしの沈黙のあと、聞こえてきたのはため息ではなかった。

「わかりました。私が、あなたの見える世界を美しくします」

一章

十月——眼鏡とキャンバス

「ええ？　奏多って、初対面の人の家で暮らしているワケ？」

やたらと騒がしい学食の一角で、奏多は吉徳一志《よしとくかずし》と向かい合う形でラーメンを食べていた。その一志が、Bランチのチキンカツにかぶりつきながら、マジ？　と、若干引き気味になる。

その反応も当然だなと思うのは、奏多も最初は驚いたからだ。

「初対面ってわけじゃないよ。知り合ってすぐってだけで」

「似たようなものだろ。大丈夫なのか？　よほど親しくならないと、自分の家に住んで良いなんて言わないだろ。まさか強請《ゆす》られているとか、弱みを握られて、強制労働させられているとかってことはないよな？」

「どんなシチュエーションだよ！　そんなこと全然ないよ。むしろもらいっぱなしで、申し訳ないくらい良くしてもらっている」

店と住居の掃除とご近所さんの将棋相手、それと食費を一万円入れること。奏多が視鮮堂に住むにあたって、店主の天宮玲央に求められたのは、たったそれだけだ。

「じゃあ、金持ちの気まぐれってヤツなのか？　人を住まわせるくらいなんだから、部屋に余裕があるんだろうし」

「お金のことはわからないけど、もともと、その人のお祖父さんが住んでいた店舗兼住居だから、部屋数はあるかな」

玲央の祖父は入院中のため、さらに部屋は余っている状態だ。詳しいことは聞いていないが、玲央の両親はいない。つまり現在は、玲央と奏多の二人暮らしだ。

「なるほどなあ……いったい、どういう経緯で居候《いそうろう》することになったんだ？」

「んー……客と店員？」

その説明だけでは理解できない一志は首をかしげながら、チキンカツの最後の一切れを飲み込んだ。

「眼鏡屋って言ったよな？」

「うん、この眼鏡を作ってもらったところ」

奏多がフレームを指さすと、一志が顔を近づけてじいっと見た。

「特にコレといった特徴はないような気はするけど……むしろちょっと、ゴツイというか」

「スポーツ用だから丈夫でないと困るんだ。でも、かけ心地はいいよ」

奏多が使っている眼鏡は、ハーフリム——レンズの上側だけフレームがあるタイプだ。黒く太目のデザインだが軽くて動きやすい。湾曲したフレームは顔に沿った流線形で、一般的な眼鏡よりも曲線が強い。その分顔にフィットするから、少々動いてもズレない優れモノだ。

「まあ、眼鏡は良いんだけどさ、それで居候ってのがよくわからん」

やはり一志は、理解できないとばかりに、首をかしげていた。

そうだよなあ、と奏多だって思う。いまだに奏多も、なぜ玲央が自分によくしてくれるのかは疑問を感じている。

奏多は最初、玲央が勤めている眼科に行き、そこで患者として出会った。玲央はもともとアメリカで働いていたが、彼の祖父が病気で入院することになり、急遽《きゅうきょ》帰国した。今は都内の眼科で検査助手として働きながら、祖父が営んできた眼鏡店も始めようとしている。

結果的に一緒に住むことになったのは、奏多が野球部を辞めたことで、大学も辞めて地元の新潟《にいがた》に帰ろうとしていたところ、玲央が同居を提案してくれた――のだが、それを簡潔に説明するのは難しかった。

一志は奏多と同じ学部で、一緒にいることが多い。奏多が怪我をして落ち込んでいたときも、野球部を辞めることを決めてからも距離感が変わらず、いつも通りに付き合ってくれる。

「それより一志、何か良いバイトないか？　できれば、ある程度時間が自由になって、時給が高いと助かるんだけど」

「それは、ほとんどの学生が希望するヤツだよ……。ま、何かあったら連絡する」

一志はがっつくように、白飯を口の中にかき込んだ。ランチはチキンカツの他に、キャベツの千切り、ポテトサラダ、みそ汁にご飯が付いている。ボリューム満点で、午後の授業が眠くなることは間違いないだろう。

「でもさ、いくら良くしてくれるっていっても、一、二泊ならともかく、他人と住むって窮屈《きゅうくつ》じゃね？　カノジョとかなら別かもだけど」

「今までも寮生活だったから、それは平気」

「でも寮と同じじゃないだろ。学生同士ってわけじゃないんだから」

「確かに違うけど、むしろ前より生活しやすいくらいだよ」

門限もなければ、風呂の使用時間に決まりもない。体育会系に存在する上下関係もなく、気苦労からも解放された。

だけど奏多は、自由すぎてだだっ広い野原に放り出された気分だった。自分が行くべき道は、右なのか左なのか、はたまた前なのか後ろなのか。道しるべは見えず、足を踏み出す方向さえわからずにいる。

「ホント、自由すぎるくらい自由だよ……。ただ、あの人片づけがヒドイから、そこはちょっと困っているけど」

ふーん、とやはりどこか納得しない様子の一志がコップに半分以上残っていた水を一気に飲み干して、力強くプレートの上に置いた。

顔を近づけて、やや声を潜めて言った。

「マジで失礼だったらゴメンだけど、それって……同棲《どうせい》だったりする？」

同居を始めてすぐに、奏多は店の片づけに着手した。足の踏み場にも困るほど、古いレンズが入っていた箱は床に散乱し、二十年以上前の雑誌や雑貨まであったからだ。さすがに、中学校名と「天宮」と書かれた体操着が出てきたときは「これ、捨てて良いですよね？」と、半分くらいゴミ袋に突っ込んだ状態で玲央に訊《たず》ねて即処分した。

そんなこんなを繰り返し、家も店舗もある程度片づいたが、それは奏多でなくてもできることだった。玲央一人なら住居は諦めれば良いだけの話だし、店舗はそれこそアルバイトを雇って、週に何回か片づけてもらえば、奏多を住まわせるより安く済むはずだ。

唯一心配なのは、現在入院中の玲央の祖父が退院してきたあとのことだが、今しばらく退院のめどはたっていないため、それは追々《おいおい》考えるしかない。

一通りの片づけが終わると、奏多はこれから何をすれば良いのだろうと不安になる。他に何か手伝えることはないだろうかと思いながら、奏多は朝食のパンを飲み込んだ。

「そういえば玲央さん、お店のホームページを作ったんですよね？」

「うん、素人仕上げだから、凝《こ》ったものではないけどね。業者に頼んだら時間がかかりそうだから、とりあえず自分で作ってみた」

見たところ、店のホームページとしては簡素だ。店のコンセプト、オプトメトリストの説明、営業時間、それに住所。店内の様子も、検査機器や眼鏡のフレームを数点載せているが、玲央の顔写真はない。控えめなフォントで『店主・オプトメトリスト　天宮玲央』としか書かれていなかった。

「アップしてから、どのくらい見てもらえたんでしょうね」

何言ってんの、とばかりに玲央が口を曲げる。

「一昨日からだよ？　閲覧数なんて、ほとんどないよ」

「SNSでも宣伝した方が良いのかなあ」

「若い人は特にそうだよね。だから昨日、お店のアカウントを作ってみたんだ」

玲央にスマホを手渡される。画面には店名と住所と連絡先。そしてこう書いてあった。

——眼鏡屋　視鮮堂《しせんどう》。毎週水曜日の夜七時から。一名限定の店。あなたにぴったりの眼鏡を作ります。

投稿はまだ一件で昨夜のものだ。そこには店内の検査機器や眼鏡の写真と『あなたにぴったりの眼鏡を作ります』という玲央のコメントがあった。『#眼鏡』『#オーダーレンズ』『#オプトメトリスト』などと、いくつかのハッシュタグもつけられていた。

「写真、綺麗に撮れていますね」

眼鏡は斜め上からライトを当てているのか、光や影の加減やコントラストが利《き》いていて、パンフレットに使っても差し支えないくらいの画像だった。

「多少加工もしたよ」

「意外……。映《ば》えとか気にするタイプとは思わなかった」

「嘘《うそ》はダメだけど、眼鏡を知ってもらうための努力はするよ」

「なるほど、それはそうですね」

玲央は丁寧《ていねい》に検査をし、客の要望に近づく眼鏡を作る。それが何より重要なのだろうし、そこに重点が置かれている。ただ試みは素晴らしいと思うが、素人目に見ても、採算をとるのが難しいことは想像できる。眼鏡を一本売って、どのくらいの利益があるのかはわからないが、最大、一ヵ月に四名の客に売ったとして、店を成り立たせられるかと言ったら、無理だと思う。

もっとも今、常に店を開けておけないのは、入院中の玲央の祖父の見舞いと、眼科に勤務しているからだ。玲央は日本の視能訓練士の資格は持っていないため、眼科検査助手として働いているが、もとはアメリカでオプトメトリストとして勤務していた。

「俺、いまだにオプトメトリストというのがよくわからないんですけど……」

「アメリカでは国家資格だけど、日本では公的資格になっていないからね」

「視能訓練士ではないんですよね？」

「うん、目や眼鏡の相談を受ける、かかりつけ医みたいな存在の方が近いかな。薬などを処方することもできるし。オプトメトリストは、視機能の維持、回復させるトレーニングだけじゃなくて、眼鏡やレンズの処方もするんだ」

だから玲央は今も、アメリカの職場に籍を残してもらっているし、入院中の玲央の祖父が元気になったら、アメリカへ戻るのだろう。

ただ祖父の店を消したくない、という思いもあるから、限定的に店を開けることにしたという。

その最初の客でもある奏多は、玲央の眼鏡が特別だということは、身をもって体験している。フレームもレンズも、外見的には他の眼鏡と大きな違いはないのに、かけてみると驚くほどしっくりくる。怪我が原因で見えにくくなった左目が、完全に元の状態に戻ることはなくても、奏多の視界をより明るく、鮮やかにしてくれるのは、玲央の眼鏡だからなのは間違いない。

結果的に野球は辞めたが、玲央に作ってもらった眼鏡によって前に進め——首筋に、指先が触れた。

「髪、少し伸びたね」

奏多がぼんやりしていた間に、玲央が奏多の背後に立っていて、襟足（えりあし）の髪をさわっていた。

「え？　あ……」

触れたのは一瞬のことなのに、奏多の首が熱くなる。何だか落ち着かなくて、奏多は慌てた。

「確かにちょっと伸びましたね」

「このまま、もう少し伸ばしてみたら？」

「……切ろうか悩んでいるんですけど」

「切るのは自由だけど、髪型が変化したなら、服装も今までと違うものが楽しめるんじゃない？」

それだけ言うと、玲央は店の方へ行った。が、すぐに戻って来て、奏多の前でかがんで、視線を合わせた。

「それで、たまにはこういう眼鏡をかけてごらんよ」

玲央の手が伸びてくる。何をされるかと奏多が戸惑っていると、今かけている眼鏡をはずし、代わりに青いフレームの眼鏡を奏多の顔にかけた。

「うん、似合う。ホラ」

手鏡を渡された奏多は、よくわからないまま自分の顔を見る。

顔の輪郭よりも眼鏡の方に視線が向くくらい、かなりはっきりとした色合いの青だ。普段使っている眼鏡よりもレンズの面積が小さい。派手だとは思うが、悪くはない。いや、見慣れてくると、これもありかもしれないと思った。

「せっかくだから、髪も眼鏡も楽しみなよ。似合っているんだから」

玲央に似合うと言われて、ちょっと嬉《うれ》しい。野球をしていない自分でも良いのだと肯定されているような気がした。

玲央はイケメンという言葉でくるには難しいくらい、綺麗な顔立ちをしている。学生時代はきっと、女子に囲まれていたんだろうと想像するが、一緒に暮らしていて、今のところ親密な相手がいる様子はない。最近まで日本にいなかったのだから当然かもしれないが、同僚や患者も放っておかないだろう。それなのに、勤務が終わると真っすぐ病院へ見舞いに行き、寄り道もせず家に帰ってきている。そうなると——。

「アメリカにいるとか……」

「ん?」

奏多のつぶやきは、玲央の耳には届かなかったらしい。

「あ、いや、あの……アメリカにオプトメトリストって何人くらいいるのかなーって」

ハハハ、と笑ってみたものの、不自然さは隠せない。

玲央も不審に思ったのか、奏多の表情をうかがうように顔を近づけたが、弾かれたように時計の方を向いた。

「ヤバい、仕事に行かないと。奏多くん戸締りお願いね」

慌てて出て行く玲央の足音を聞きながら、「はい」と奏多は返事をしていた。


視鮮堂の営業時間は短い。だが、奏多が在宅しているときは店を開けている。理由は玲央の祖父の友人たちの憩《いこ》いの場としているからだ。玲央は、祖父が退院して、帰ってくる場所を用意しておきたいと考えていた。

その日、奏多が授業を終えて視鮮堂に帰ってきたのは、午後四時近くのことだった。奏多の帰宅を見張っていたかのように、すぐさま真鍋俊夫《まなべとしお》が「指そう」と店を訪れた。

真鍋は視鮮堂の近所に住んでいる玲央の祖父の友人だ。以前は食器類などを扱う店を営んでいたというが、数年前に店を畳んでから、視鮮堂で将棋を指すのが日課になったらしい。

今は、その相手が奏多になった。

将棋盤を睨《にら》みつける真鍋俊夫が、この世の終わりのような声でうなった。

「真鍋さん、もう二十分になりますよ。そろそろ指してくださいよ」

「何を言ってる！　堀口《ほりぐち》棋士は五時間二四分も大長考をしたことがあるんだぞ。最良の一手を見つけるまで、考えなければならない」

「プロ棋士と張り合わないでください。対戦相手は小学生のころに遊んだことしかない、素人の俺です」

奏多は先を促そうと、ふぅーっと、これ見よがしにため息をついてみたが、真鍋には効果はなかった。腕組みをした姿はピクリとも動かない。

やれやれ、と思う。が、奏多の祖父も一度悩み始めると、なかなか次を指さず、待たされることはあったため慣れてはいる。

今日はすでに一時間以上盤を挟んでいるが、奏多はまだ三手しか指していなかった。

「もう夕方ですよ。帰らなくていいんですか？」

「まだ五時半だ」

「夕飯は？」

「六時だ。歳を取ると夜が早い」

「じゃあ、そろそろ帰ったほうが」

「五時五十五分に出れば余裕だ。……あまり早く帰ると嫌がられる」

誰に？　とは聞かずともわかっている。奏多もはいはい、と適当に返事をしておいた。

今日は真鍋だけだが、多い日は三、四名があつまる。常連たちの配偶者……つまり妻たちからも視鮮堂の開放は好評だった。

——家にいると何かと……ねえ？

ねえ？ の二文字に込められている言葉を、二十歳の奏多に理解しろというのは無理があった。

真鍋たちが帰ってから、玲央の「家事の邪魔だと言われるみたいで。俗に言う濡《ぬ》れ落ち葉……」と、やや歯切れの悪い言葉を聞いて、なるほどと理解した。その玲央も、祖父から聞いたというから、結婚生活というものは奥が深い。

だからといって、夫婦仲が悪いようには見えない。やっぱり結婚生活は奥が深いらしい。

店内は、パッと見て問題ないくらいには片づけてあるが、レンズの在庫や備品など、奏多が手を付けられない場所の整理はまだ終わっていなかった。

「カウンターの中の掃除《そうじ》をしているんで、俺の番になったら呼んでくださいね」

長考中の真鍋は返事をするのもおっくうなのか、右手を小さくあげて奏多の声に応えた。

奏多はソファから立ち上がり、カウンターの中へ入る。

視鮮堂の建物自体は二十五年くらい前に建てられたらしいが、内装の多くは、初代……

百年くらい前に玲央の曽祖父《そうそふ》が立ち上げた店のデザインを残しているという。クラシカルな空間は、タイムスリップでもしたかと錯覚するくらいだ。床は温もりを感じさせる木材が使われ、柱や梁《はり》がむき出しの状態になっている。天井から吊るされる照明と、継ぎ目のない大きな一枚板のカウンターは、代々使用しているらしく年期を感じさせた。入り口の右手にある、ゴブラン織りのソファの艶《つや》のあるひじ掛けや、個性的な足の形を見ると、奏多でさえ相当値が張ることは想像ができた。

常連客は気にせずに座っているが、玲央に言わせるとそれでいいらしい。使用することによってできる傷は、視鮮堂の一部になっているという考えのようだ。

そんな中、何よりも目を惹《ひ》くのは、店の一角に飾られているヴィンテージ物の眼鏡だ。玲央の祖父のコレクションで売り物ではない。数百年前の物から、近代の物までざっと五十個ほど並べられている。フレームだけでなく、眼鏡にまつわる物が集められていて、昔の視力検査で使っていたレンズセットまであった。木製のケースに入っているそれらは綺麗に並べられており、散らかし放題の玲央もそこだけは触れずにいた。

奏多はこのコーナーを見ると、子どものころ祖母に連れて行かれた、アンティークショップを思い出す。祖母は客としてではなく、そこの店主と茶飲み友達だった。あまり客の来ない店は、ところ狭しと商品が置かれ、整理整頓されてはなかったが、絶妙なバランスで古い家具や雑貨が置いてあり、その店の中だけは、時間がゆっくりと流れているように感じられた。

あとから考えると、奏多が友達と喧嘩《けんか》をしたり、監督から怒られたりしたときに、祖母はその店に連れて行ってくれたように思う。

何をしていたわけではないけれど、普段目にしない置物や古いおもちゃが、奏多の身体と心を休めてくれた。だから視鮮堂にいると、奏多は落ち着くのだろう。

そんな店内で、一ヵ所だけ雰囲気の異なる空間がある。壁で仕切られている検査コーナーだ。玲央は壁も床もリフォームし、それまでなかった検査機器を導入した。照明などにもこだわり、店内の他のスペースよりも明るく近代的だ。

過去と現在が混在しているのに、不思議と違和感がない。そしてそこに立つ玲央は、どちらの場面にいてもしっくりと来るのだ。

ただ、片づけの下手さは相変わらずで、機器が入っていた箱は放置され、ビニール袋や梱包《こんぽう》材などは床に散らかっていた。

「すぐに片づければ、ゴチャゴチャにならないのに」

もっとも玲央は、生ごみは溜《た》めない。どうやら「あとで良い」ものの整理整頓が異常に悪いのだというのは、一緒に住み始めてからわかったことだ。

――ピンポーン。店内にチャイムが鳴る。視鮮堂のドアは手動の開き戸だ。常連客はチャイムと同時にドアを開ける人が多いが、入ってくる気配はなかった。

奏多がドアを開けると、大学生くらいの男性が立っていた。派手な色のシャツと、カーキー色のブルゾン。サコッシュと呼ばれる小さなショルダーバッグを肩から下げていた。似たような恰好は、大学でよく見かけるが、「パリピ」と呼ばれる、奏多とは縁のないキャンパスライフを送っていそうな人だった。

「何か御用でしょうか?」

「ここ、眼鏡店ですよね?」

最近はずっと、開店休業状態だった「眼鏡屋 視鮮堂」の看板の文字は、目を凝らさなければわからないくらいにかすれている。新しい看板を作ろうか玲央も悩んでいるが、予約制で客は週に一名ということと、新しい機材を入れたこともあり、金銭的に看板まで手が回らないのが実情だ。

「そうですけど、当店は飛び込みのお客様はご遠慮いただいております」

「えー、困ったな。これ、すぐに直して欲しいんだけど」

差し出された眼鏡は、ダークブルーのフレームで、テンプルが折れていた。

「これ……ボンドで付けようとしましたか?」

「そう、コンビニで瞬間接着剤を買って、付けようとしたんだけど、全然ダメで。何でもくっつくって書いてあったのに」

気の毒だとは思うが、奏多にはどうにもならない。

帰ってもらおうと思っていると、「どうかしましたか？」という声がした。

「玲央さん！」

タイミングよく、客の後ろから玲央が現れた。ジャケットとロングコートに身を包み、雑誌から抜け出てきたように隙のない恰好だ。

「こちらの方が……」

奏多は男性から聞いた話を玲央に伝える。壊れた眼鏡を見た玲央は、んー……と、声を漏《も》らした。

「断面がまっすぐならともかく、荷重がかかって折れたものをくっつけるのは難しいんです。少しでも角度がズレて隙間があったりすると、綺麗につきませんから。そもそも、接着剤での修理は推奨しません」

「素人にそんなことわかるかよ」

「ネットを検索すれば、すぐに見つかる情報です」

玲央の言葉遣いは丁寧だが、言い換えれば『調べていないの？』と言っているようなものだった。

案の定、男はムッとした顔になる。

「客に向かって横暴な口のきき方だな。四の五の言わずに直してくれよ。旅行中だからこのままじゃ困るからさ。あ、あとそんなに持ち合わせがないから、できるだけ安くね。余計なことして金取らないでよ。眼鏡なんて見えればいいんだから」

興奮する男に対し、玲央は黙ったまま、表情一つ変えずに眼鏡を見ていた。

「友達待たせてるから、三十分くらいでお願いできるかな？」

「申し訳ありません。当店はご予約のお客様限定となっております」

奏多の横から、店内を覗いた男は「ジジイだけじゃん」とつぶやいた。

「すぐ直してよ。適当でいいから」

奏多は心の中で、ヤバい……と冷や汗をかいた。

客の方もイラだっているが、玲央はもっと怒っている。いや、他人が見ればさっきまでと変わらない表情だろうが、奏多にはわかる。これはかなり不機嫌だ。

「当店では、お客様の眼鏡をお直しすることはできません。他店へ行かれることをお勧《すす》めします。では」

客に口を挟《はさ》ませる隙をあたえず一息にそう言うと、玲央はさっと店内に入る。奏多もすぐにドアを閉めた。

「お、おい！　何すんだよ」

ドンドン、と二度ドアを叩く音がしたが、それ以上は続かなかった。客もここまで言われて、この店で眼鏡を直したいとは思わなかったのだろう。

長考中だった真鍋は、剣呑《けんのん》な雰囲気を察したようで、そそくさと席を立った。

「奏多くん、また来るから、これ保存しておいてくれるかな」

「了解です……スミマセン」

「いやいや、もうすぐ六時になるから」

真鍋は、玲央にもお邪魔したね、と声をかけてから店を出ていった。帰ったら帰ったで、何か言われるのかもしれないが、ここにいるよりは良いと判断したに違いない。

奏多は盤上の駒をスマホのカメラで写真を撮り『真鍋』のフォルダに保存した。何人も相手にしている奏多は、こうしないと覚えていられない。

箱の中に駒をしまいながら、玲央の様子をうかがう。背中しか見えなかったが、肩が大きく上下した。

「悪かったね。みっともないところを見せて」

「いえ……」

声の様子はいつもの調子だ。だが振り返った表情は、朝、奏多に「おはよう」と言ったときと少し違う。まだ目がほんの少しだけ、きつい感じがした。

「あの……」

「ん?」

「やっぱり、ああいう人が許せなかったりしますか? 安い眼鏡を求める人って……」

少し前にも似たようなことがあった。近所の人が壊れた眼鏡を持ってきて、やはり値段を気にして、早く直してくれと言った。最初に作ったときは手ごろな価格の眼鏡だったこともあり、修理代の方が数倍もすることに納得せず、玲央に食って掛かった。

もちろん、客の考えもわからなくはない。態度は別としても、安い眼鏡を求める人たちがいるのは事実だし、実際そういった店がある。

だが玲央は、使用者が万全の状態で見えるようにセッティングするには、なおざりの検査では難しいという。その考えは、奏多も理解しているつもりだ。

玲央は奏多の心を読んだかのように、ゆっくり首を横に振った。

「奏多くんの疑問は当然だよ。僕だって何か……例えば服を買うとき、高い方より安い方を選ぶことが多いからね。でも、こだわりを持っている人たちにすれば〝着られれば何でもいい〟というのは侮辱《ぶじょく》かもしれない」

「だったら……」

「安い物を求めるのは良いんだ。僕が許せないのは、眼鏡はただ見えれば良いっていう考えなんだ。確かに道具の一つではあるけど、眼の一部でもあると思っているから」

「わかります！　いや、俺がわかってますって言うのはおこがましいですけど、でも……俺は玲央さんに作ってもらった眼鏡に助けてもらっているので」

「ありがとう」

玲央の目が優しくなった。

「そうそう、これからお客さんがくるから」

「もう、ホームページ見てくれた人がいるんですか？」

「ううん、そっちじゃなくて、祖父の知り合いの橋本《はしもと》さんからの紹介」

玲央の説明では「祖父の知り合いの眼鏡店」の橋本さんは高齢になり、店は代替わりをして、街の眼鏡屋さんから、薄利多売の眼鏡店に変わったのだという。

「さっきも言ったけど、それが悪いというわけじゃないんだ。ただ、多く売るには、検査に時間をかけていられないから、細かい要望を聞くことが難しいんだよね。そういうお客さんを、こっちに回してもらえないかって、頼んでおいたんだ」

「なるほど。……え？　で、その紹介してもらった人が、今日これから来るってことですか？　それで、今日はお見舞いから帰ってくるの、いつもより早かったんですね」

「うん」とうなずいた玲央の顔が明るくなった。いつのまにか、さっきまでのピリピリした空気は消えていた。

それどころか、玲央はいつもよりも嬉しそうだ。ワクワクしている様子が、問診票をバインダーに挟み込んだり、ペンをセットする動作からでも見て取れた。

「ヨシ！」

奏多も気合を入れる。年齢も、住まいも活動歴も、どういう眼鏡を欲しているのかも現時点ではわからない。

「とりあえず、お湯を用意して、カップの準備をすればいいかな」

客として玲央と向かい合ったことはあるが、奏多が客を迎え入れるのは、これが初めてだ。

ドキドキとワクワクしながら、食器棚からカップを取り出した。


青柳《あおやなぎ》太一《たいち》が視鮮堂のチャイムを鳴らしたのは、午後七時を十分ほど過ぎたころだった。

「遅れてすみません！　七時って約束したのに」

店内に入るなり、頭を深く下げた。

夜になって外はいっそう気温が下がっているはずなのに、太一は額にうっすらと汗を浮かべ、呼吸も乱れている。

太一の年齢は、奏多と同じくらいだろう。ゆるいデニムのパンツに、着古したトレーナー。中綿入りのコートは新しそうだが、着るものにあまり興味がないのか、無難に黒や紺でまとめられ、人ごみの中を歩いていても記憶に残りにくそうな服装だ。身長は玲央より少し低い。髪型もそろそろ散髪に行った方が良いかと思うくらい伸びていた。

太一は黒のプラスチックフレームの眼鏡をかけている。これと言って特徴のないデザインだった。

「青柳太一様ですね。本日はご来店いただき、ありがとうございます。私、視鮮堂店主の天宮玲央、こちらはアルバイトの岸谷奏多です。どうぞよろしくお願いいたします」

よろしくお願いします。何か不安があるのか、太一の声はかなり小さかった。

「まずは当店のご説明をいたしますので、こちらへお座りください」

玲央が店内のソファに太一を促す。だが太一は店内をじっくりと眺めて、座ろうとしない。

目を合わせた奏多と玲央は、同じタイミングで小首をかしげた。

「あの……どうかしましたか？」

「いえ、別に」

別に、という雰囲気ではなさそうだったが、まずは話を聞かなければ、と奏多は太一にソファを勧める。

「今、お茶をお持ちいたしますからお座りください。青柳さん、コーヒーと紅茶どちらがよろしいですか？」

「……喉《のど》渇いてないので」

汗をかいているのに？

再び玲央と目が合う。

太一は何も言わない。が、冷やかしのようにも見えない。

詳しいことを聞くにも、話が始まらなければ何も進まない。眼鏡の話なら饒舌《じょうぜつ》になる玲央だが、相手の拒絶気味の態度に、会話の糸口を見つけられなさそうにしていた。

奏多はとりあえず、自分が話しかけてみることにした。

「青柳さんは大学生ですか？」

「はい」

「一緒ですね。俺は今、二年です」

自分は一年です、と小さな声がした。弾んでいるとはいいがたいが、とりあえず会話は成立している。

奏多が横目で玲央を見ると、続けて、と微《かす》かに顎《あご》が動いた。

「眼鏡は何歳ごろからかけているんですか？」

「中学に入ったくらいから、です」

「そのくらいになると、急に眼鏡をかける人増えますよね。最初は黒板の文字が見えませんって、前の席に座ったりするんだけど、一人眼鏡をかけ始めると、クラスの中での眼鏡率がじわじわ増えたりして」

同意するように太一がうなずいた。

「岸谷さんも中学から眼鏡を？」

「あー……いえ、俺はわりと最近です。ずっと目は良かったんですけど、急に視力が落ちちゃって」

半年前、奏多が野球の練習試合の前にグラウンド脇で準備をしていたときだった。左目に激しい衝撃が走り、気が付いたら病院のベッドの上にいた。

相手チームの打ち損じた打球は当たりそこないだったため、それほどスピードのあるボールではなかったものの、硬球が直撃して無傷で済むわけがなかった。プレー中であればボールから目を離さないが、奏多がいたのはベンチ近くのファウルゾーンで、おまけにまだ試合が始まる前だ。ボールに対して注意を払っていなかった。

しばらく様子をみたものの視力は回復せず、損傷した水晶体を人工レンズに交換する手術が行われた。医師から「上手くいきましたよ」と言われたとき、奏多は治ったと喜んだ。

だが完全に元通りにはならなかった。

もちろん右目は無傷だ。左目も視力が低下したとはいえ、見えないことはない。最初は戸惑いもしたし、もちろん不便さはあったが、慣れていくうちに日常生活において大きく困ることはなくなった。

でも、本格的に野球を続けることはできなくなった。

客としてやってきた太一に、そんな詳しく説明すれば妙な空気になると思った奏多は、野球中の怪我で、と簡単に説明する。案の定太一は、少し申し訳なさそうにしながらも

「僕も昔、少しやっていました」と言った。

「僕の場合、本当に少しですけど。小学生のころ二年間くらい。ボテボテのゴロも逸《そ》らすし、打撃練習でもほとんどバットに当てられなくて、コーチに呆れられちゃうくらい下手だったので、辞めちゃいました。岸谷さんはエースで四番とか？」

「中学までは、まあ……」

野球の話をするのは、まだ胸がチクチクする。胸の奥でくすぶっているものが完全に消えたわけではないからだ。

奏多が次の質問を出せずにいると、横から玲央が「ところで」と口を挟んできた。

「青柳様は、以前作られた眼鏡が合わないと、うかがったのですが」

「あ、はい……」

「具体的に困っていることなどありましたら教えていただけますか？」

「えっと……見え方がちょっと……。ここなら、何とかしてくれるんじゃないかって別の店で紹介されて。でも、あの、このお店って……」

太一は落ち着きのない様子で、店内を見回している。もしかしたら、紹介者から詳しいことは聞いていないのだろうか。ライオンの檻《おり》に放り込まれたウサギではないのだからと思うが、クラシカルな内装に高級感を抱いているのかもしれない。

「あの、見当違いだったら申し訳ないですけど……値段とか気になります？　俺は結構気にしちゃうので」

「なります！」

太一は即答した。

「ですよね！　ホームページにもSNSにも、具体的な値段とか書いてなかったですものね。じゃあ簡単に店の説明や価格のことなど、店主にしてもらいますね」

話を振ったものの、奏多は一つ不安を抱えていた。

玲央は眼鏡のこととなると、立て板に水のごとく話し出す。ただでさえ怯《おび》え気味の太一を相手にして、玲央が暴走しないか見張らなければならないと思っていた。

「当店はお客様が納得した上でご購入いただけるようにいたしますので、仮に検査を終えてからでも、ご不要と思われた場合は、おっしゃっていただければと思います。もちろん、検査代などはいただきませんのでご安心ください」

「はい……」

「それと、フレームとレンズの代金になりますが、個人にカスタマイズしたものをご用意した場合は、それなりのお値段になることもあります。ただ、フレームは現在ご使用の物を使うという方法もございますし、デザインがあまり凝ったものでなければ、お値段を抑えることも難しくはないと思います。ですがフレームとレンズを新調して、五千円前後の価格で作ることは、当店ではできかねるということだけは、ご承知おきいただきたいと思います」

「それは、ここを紹介してもらうときに、前の眼鏡屋さんでも言われているので……」

「ご使用になる種類によって、レンズの価格は変わってきますので、青柳様の状態を確認しながら、より生活に即した眼鏡をご提案できればと思っております。具体的には、同じ度数のレンズであっても、一万円代の物から四万円を超えるものもありますので、お先に価格表をお持ちしますね。少々お待ちください」

玲央が立ち上がったその瞬間、店の中に太一の声が落ちる。

「――〝見る〟から〝視る〟を日常に――」

ん？　と奏多が首をかしげる。

玲央が「ありがとうございます」と言った。

「当店のサイトに載せている言葉ですね。先代から続く、店のコンセプトでもあります」

「へぇ……」

奏多が感嘆の声をあげると玲央に睨まれた。この店に立つなら、そのくらいは覚えておけ、と言われているらしい。

奏多にしてみれば、完成したばかりのホームページと、立ち上げたばかりのＳＮＳで、さすがにそれは無理では？　と抗議の視線を送るものの、さらに険しい眼光に、あっさりはねのけられてしまった。

店内にスマホの着信音が響く。コール音は太一のカバンの中からだった。

「あの……」

「どうぞ」

スマホを取り出した太一は、カバンを置いたまま出入り口の方へ向かい、外に体半分が出たところで「もしもし」と電話に応じた。

ドアが閉まると、外にいる太一が何を話しているのかわからない。だが電話はそれほど長くは続かず、すぐに店内に戻ってきた。

最初に入ってきたときと同じくらい、太一は申し訳なさそうな顔で頭を下げた。

「すみません、あの、バイトにすぐ来て欲しいって言われて。今日は休みだったんですけど、入るはずの人が突然休んだからって。だから……」

うろたえる太一に、玲央はカウンターに置いていた名刺を渡した。

「営業は水曜日だけになりますが、事前にご連絡をくだされば、ある程度青柳様のご都合に合わせられると思いますので、お時間がございますときにまた、ご来店いただければと思います」

名刺を受け取った太一は、お邪魔しました、と頭を下げてから店を出ていった。

突発的にバイトに呼ばれたことは嘘ではないだろう。奏多の大学の友人も、欠員補充で呼ばれてため息をついていることは、わりとよくあるからだ。

玲央もそこは疑っていないらしいが、若干不安そうだ。

「また来てくれるかな？　いくら紹介とはいえ、週に一回しか営業しない店は、胡散臭《うさんくさ》そうだから」

「それ、玲央さんが言いますか？」

少なくとも太一は、興味は持ってくれたようではあった。

「大丈夫ですよ。青柳さんはきっとまた、来ますから」

「だと良いけど……」


奏多の予想は当たった。

三日後。青柳太一から、前回突然帰ったことを詫びる言葉とともに、再度予約したいという連絡が入った。


「うっわ、何だコレ！」

物置として使っている、二階の和室の入り口で、奏多は立ちつくした。

部屋は足の踏み場もないほど荒らされている。段ボール箱は散乱し、中に入れていた本が出ている。出入り口の襖《ふすま》は常に開いているため、今朝奏多が見たときは整頓されていたのは間違いない。

今日、奏多が帰宅したのは午後五時四十分。玲央は五時前には帰っていたと聞いた。コーヒー豆を買い忘れたから、買ってきて欲しいと帰宅途中の奏多に連絡が入ったのは四時五十二分。

奏多がいない四十八分間に何があったのか。

泥棒に入られた……という発想にならないのは、ここが玲央の家だからだ。

片づけたいが、今はそんな時間はない。太一が六時に来ることになっている。

奏多が客を迎え入れる準備を始めると、時間ピッタリに太一は来店した。

「本当にすみませんでした！」

前回の来店から一週間。この日も太一は店に入るなり頭を下げた。

どうぞこちらへ、と流れるようなしぐさで、玲央は太一をソファへと促す。あまりにも自然で、太一の足は操られているかのように、すすっとソファに向かっていた。

ソファに座った太一に、奏多は「コーヒーと紅茶、どちらになさいますか？」と訊ねた。

「ちなみに今日は、個人的にはコーヒーをお勧めします」

「どうしてですか？」

「さっき、いつもより高いコーヒー豆を買ったからです」

「奏多くん」

玲央の声は奏多をいさめるような響きだ。

小さく肩をすくめて太一を見ると、クスっと笑っていた。

「コーヒーを飲んでみます」

「オッケーです」

とりあえず場の空気は和《なご》ませたつもりだ。

奏多はキッチンへ行き、すでに用意しておいたカップに抽出《ちゅうしゅつ》が終わったばかりのコーヒーを注ぐ。玲央はブラック、奏多はミルク、太一の好みはわからないから、砂糖とミルクの両方を用意する。

店の方へ戻ると——二人は向かい合ったまま黙っていた。

せっかく、奏多が和ませたのに……。

奏多がコーヒーカップをテーブルの上に置きながら、玲央に目で問いかけた。

どうして空気が固まっているんですか？

玲央がゴメン、とでも言いたそうに、一度瞬《また》きした。

奏多は気まずい空気のなか、カップに口をつける。この空気で飲むコーヒーは、せっかく高い豆なのにコクや香りも感じず、ただ苦いとしか思えなかった。

「いったい、どうしたんですか？」

玲央の隣に座った奏多は、小声で訊ねた。

「今日、祖父が使っていた顧客名簿を調べていたんだよね」

「お祖父さんの顧客名――あっ！　二階の和室がぐちゃぐちゃになっていたのはそのせいですね。警察に連絡しようかと思うくらいでしたよ」

「……ごめんなさい」

申し訳なさそうに玲央は肩をすぼめた。

奏多がため息交じりに「それでどうしたんですか？」と再度問うと、玲央が古い顧客名簿に青柳という客がいたことに気づいたのだという。奏多がキッチンへ行っている間にその話をしたところ、コーヒー同様苦い空気になったらしい。

「ってことは青柳さん、以前もこの店で眼鏡を作られたんですか？」

奏多が話を向けるものの、太一は「いえ……」と言ったまま、話を続けない。

仕方なく、奏多は自らコーヒーを飲み、太一にも勧めた。

ようやく太一がコーヒーカップを手にし、一口飲むと「美味《おい》しい」とつぶやいた。

「お口にあって良かったです」

太一の緊張が少し緩んだのか、そこからポツリポツリと話し始めた。

「以前ここで眼鏡を作ってもらったのは、僕の祖父です」

玲央に見せてもらった古い名簿には、『青柳英雄《ひでお》』という名前が書かれていた。

「僕がこの店に来たのは、多分、幼稚園の年長くらいだったと思います。お祖父ちゃんと来ました。そのころは一緒に住んでいたので。幼かったこともあって、僕自身はこの店に来た記憶はないのですが、最初に入ったとき、何だか懐かしい気分になったんです」

それで、様子がおかしかったのか、と奏多は納得した。

「青柳さん、今は一人暮らしですか？」

「いえ……小学校に上がる前に、親と祖父との喧嘩が絶えなくて引っ越したので、僕は今、親と住んでいます」

「なるほど……」

「でも距離を取ったら、もめることなく接していましたし、僕に関しては、相変わらずかわいがってもらっていたので、結果的に悪くはなかったと思います。引っ越したと言っても、電車に乗ればそれほど時間もかかりませんし、僕が親と喧嘩したときは、駆け込み寺のような感じで迎え入れてもらったりして、良い距離感だったんです」

玲央は太一の話に相槌《あいづち》を打つように、うなずいていた。

この家で祖父と暮らしていたという玲央は、太一に共感する部分があるのかもしれない。

「ただやっぱり、今までのようには来られなかったので、この店の近くを通ることはなかったんです。初めて眼鏡を作るとき、祖父は〝視鮮堂で作ってやるぞ〟って言ってくれましたが、結局僕は、住んでいた家の近くの眼鏡店に行きましたから」

その近くの店というのが、玲央の知り合いの店だったのだから、やはり縁があったのだろう。

太一がもう一度コーヒーを飲む。ミルクと砂糖も勧めたが、せっかく美味しいコーヒーだから、とブラックのまま飲んでいた。

「うまく説明できるかわからないですけど……そこで作ってもらった眼鏡が、何ていうか、しっくりこないという感じで」

「気づいた点、感じているところなど、思いつくままお話しいただければ結構ですよ」

玲央がそう促すと、太一は小さくうなずいた。

太一は今、大学で美術を学んでいるという。専攻は絵画。今のところは油絵を中心に描いている、とのことだった。

「子どものころから絵を描くのが好きだったので、今の生活は楽しいですけど……」

言葉とは裏腹に、太一の表情が沈んだ。

「大学に入ってから、よく見えないんです」

「視力が低下したということ、ですか？」

「いえ、さすがに僕も不安になって、眼科で調べてもらいました。でもどこにも異常は見当たらないし、視力も高校のときと変わっていませんでした。高校のときは一番後ろの席になったこともありましたけど、眼鏡をかければ、黒板が見えづらいとかは感じたことはありませんでしたし。もちろん美術室でも特に困らなくて」

「でも今は、不自由に感じることがある」

太一はうなずいた。

いったい、どういうことだろう？

見え方が視力だけでないことは、実体験として知っている。が、太一と奏多の「見えない」種類は違う気がした。

玲央の目が鋭くなった。

「確認ですが、病気や怪我などはしていませんか？」

「ありません。ここ数年高熱を出したこともないですすし、さっきも言った通り、眼科で一通り検査をしてもらいましたけど、問題はありませんでした。だから僕にも、よくわからないんです。医師には気のせいじゃないかとか、寝不足じゃないのかとか、スマホの使い過ぎとか言われるし……」

「確かに寝不足やスマホなどで目を酷使すると、若くても見えづらさを感じることはありますからね。乱視はありますか？」

「多少はあるみたいです。ただ、僕が見えないと感じていることもあって、新しい眼鏡を作ってもらったときに近視と乱視の両方に対応するようにしてもらいました。でも……」

「見え方は変わらなかったのですね」

太一はもう一度うなずいた。

玲央は顎に手をあてて考えている。

「見えにくいと感じるのは、絵を描いているときだけですか？」

「……そうですね。あー、でもスマホが見えづらいと思ったことはあるかな」

「近視の逆で遠視とか？」

奏多が質問をすると、玲央が答えた。

「それなら、眼科で検査したときにわかっているはずだよ」

奏多の方を一瞬向いた玲央だが、すぐに太一に向き直った。

「青柳様、絵は毎日描いているのですか？」

「そうですね。週末とかはバイトで時間がとれないこともありますけど。家だとできることが限られているので、極力大学で描いています」

「あれくらい大きな絵を描いているんですか？」

奏多は店の壁を指さした。畳、三枚を縦に並べたくらいの広さだ。そこまで大きなサイズだと、持ち運びも容易ではないし、自宅で描くのも難しいだろう。

太一はゆっくりと首を横に振った。

「一年生だとまだ大作を描くことはないです。もちろん、自宅で制作する人はいると思いますけど……僕にはそれは許されていないので」

考え込んでいたはずの玲央が、パッと顔をあげる。太一の様子をじっくり観察するように顔を見ていた。

奏多は自分の高校時代のことを思い出した。

「許されていないって、家族にアレルギーの人がいるとか、ですか？　俺、高校のとき美術の授業で、同じクラスに油絵の具に使う油のアレルギーがあって、換気しても耐えられないからって授業を受けられなかった同級生がいたんです。もしかしたら青柳さんのご家族も？」

「いえ、家族は別にアレルギーじゃないです。どちらかというと、僕が絵を描いていることを、嫌がっているというか……」

太一が困ったように眉を寄せる。

「美術の大学にいるのに？」

「だからです。将来仕事につながりそうな学部で、絵は趣味で描くなら、何も言わないと思います。美大を出たから画家になれるわけでも、イラストレーターになれるわけでもないから、親は最初から美大に進むことに反対していたんです」

「なるほど」

奏多もその辺はわかっているつもりだ。

甲子園に出場したとしても、プロ野球に入って活躍できる人はほとんどいない。多くは高校、大学の卒業を区切りとして辞める。奏多にしても、恐らく大学を卒業するときに辞めることになるだろう……と、親も思っていたはずだ。だから大学に進学するとき、就職しやすいのはどの学部だろうか、と悩みもした。

「でも、最終的には賛成してくれたから、美大に進めたんじゃないですか？」

「強行突破です。認めてくれたというよりは、諦めたという方が正しいかな。賛成してくれたのは、お祖父ちゃんだけで、学費もお祖父ちゃんが出してくれたから、何とか通えているんです。今は離れた老人ホームにいて、滅多に会えないですけど」

「あー……」

そういうことか、と奏多はソファの背もたれに背中を預けて天井を見た。

奏多は幸い、両親の反対にあったことはなかったが、野球よりも勉強を選んだ友達もいた。親の強固な反対がなければ、続けていた人もいたはずだ。

太一はたった一人とはいえ、味方になってくれる人がいたから諦めずにすんだのだろう。

「何とかしたいですね」

悩ましそうに玲央は言った。

「家で見えにくくて困ったことや、こんな場面で戸惑ったなど、具体的な事例がありましたら、教えてください」

太一は少し上を向いて考える。

「そうですね。家ではもっぱら鉛筆デッサンが多いですけど困ったことは……ないわけじゃないか。でも、家より学校の方が……あ、授業の黒板は問題なく見えてるし……」

自分の症状を、太一も把握しきれていないらしい。しどろもどろになりながら、何とか言葉を紡《つむ》ごうとしているが、具体的な事柄は出てこなかった。

玲央が独《ひと》り言《ごと》のようにつぶやく。

「家と学校……」

店内に沈黙が落ちる。カチカチと時計が秒を刻む音がやけに大きく響いた。

しばらくすると玲央がソファから立ち上がり、一冊本を持ってくる。子ども向けの絵本だ。

「これは問題なく読めますか?」

太一が一枚、二枚と紙をめくる。

「読めます。懐かしいですね。これ、子どものころ読みました」

「もしかしたら、この店で読んだのかもしれませんね」

「ああ……いえ、さすがに覚えていません」

太一がふふっと笑った。

「店内の照明はそこまで明るくないですが、読めるということは……」

そのあと玲央は、小説や新聞を持ってきて、太一に渡す。

だがやはり問題なく見えるようで、太一はすらすらと文章を読み上げた。

再び店内に沈黙が落ちる。ボーン、ボーンと、時計の鐘が八回鳴った。

玲央が降参とばかりに両手を小さく上げた。

「申し訳ありません。お話だけではわからない部分もありますので、とりあえず検査をしてみましょう。データでわかるところもあるかもしれませんので。もちろん、最適な眼鏡をご用意できないようでしたら、費用をいただくことは致しませんので、ご安心ください」

「あ、はい」

太一がまた不安そうな顔になった。

検査機器の前に立つ玲央は淡々としている。これでわからなかった場合は、どうするのだろうか。

奏多は太一と話している玲央の声を聴きながら、もう一度ソファに背中を預けて天井を見ていた。

店の時計が十回鳴ったころ、検査は終わった。

どう？　何かわかった？　と奏多が目で問いかけると、玲央はニコリと笑った。

「今日はここまでにしましょう」

今日は、というところに太一が反応する。

「まだ検査することがあるんですか？」

「検査と言いますか……」

玲央は腕組みをして、今調べたばかりのデータを見ている。パズルのピースが一つ見つからない、そんな顔をしていた。

「見え方の問題というのは、眼球に異常がある場合だけではないんです」

太一は恐る恐る口を開いた。

「つまり……眼科でした検査以外で、何か引っかかりそうということですか？」

「可能性がないとは言えません。眼科の領域以外が原因でしたら、私にもわからないので確実なことは申し上げられない、というのが正直なところです」

玲央は即座に否定した。

「ですが、お話をうかがった限りでは、それらの問題があるようにも思えません」

太一がわずかに唇《くちびる》をつきだすようにして、不満そうな顔をした。自分は嘘を言っていない、と訴えているようだった。

「もちろん青柳様が、見えにくいと思うことがあるのは事実です。ただ、どの条件がそろった場合に起こるのか、私にもまだ断言できません」

「お願いします。何とか、原因を突き止めてください。このままじゃ、せっかくお祖父ちゃんに学費まで出してもらっているというのに、無駄になってしまいます！」

何とかしてあげたいと思う。それは玲央も同じ気持ちなのか、真剣な面持ちで耳を傾けている。

「もちろん、できる限りのことは致します。できれば青柳様が見えないとおっしゃる場面を見られれば……」

「じゃあ、描いている場所を、見せてもらえばいいんじゃないですか？」

「「えっ？」」

玲央と太一の顔が同時にクルっと、奏多の方を向いた。

太一が来た翌日。夕食の席で玲央のスマホにメッセージの通知音が鳴った。

普段、食事中にスマホを触らない玲央が、珍しくフォークを置いて操作を始める。

奏多はテレビのスイッチを押した。

ちょうど、ニュース番組のスポーツコーナーが始まったところだった。まだ秋ではあるが、海外で調整中のウィンタースポーツ選手のことが報道されている。そういえば、五輪シーズンになると見る顔だなあ……と思いながら、奏多はミートラザニアを食べていた。

玲央が「これを食べたい」とレシピ動画サイトを奏多に見せてきたのが始まりだった。初心者でも簡単に、とうたっているサイトに偽りはなく、満足のいく味に仕上がっていた。玲央に言わせると「僕が食べたいのを作ってもらっているんだから、材料費は気にしないで」とのことで、奏多も一緒に食べている。

玲央がスマホを置いて、再びフォークを持った。

「今度の水曜日の午後に大学へ行くよ」

「もしかして、青柳さんの？」

水曜の午後は玲央の仕事が休みだから、その日にしたのだろう。

「何かわかるといいですね。せっかく美大に入ったわけですし」

あとで聞いた話だが、太一は学費こそ祖父に出してもらっているものの、教材費などは自分のバイト代で賄《まかな》っているという。今回の眼鏡代も自分で払うから、今はバイトを増やしていると言っていた。

「何が何でも、続けたいもの……か」

絵を描かない奏多には、太一が困っていることを本質的に理解することは難しい。ただ〝諦められない何か〟があることは知っているつもりだ。太一の希望が叶うといいな、と思う。

番組はウィンタースポーツから、プロ野球のクライマックスシリーズの話に移った。

奏多は慌ててリモコンを手にして、電源ボタンを押した。

アナウンサーの声がプツリと消える。奏多の不自然な行動に、玲央は気づいているはずだが黙っていた。

「俺……子どものころは練習した分だけ上達するのが楽しくて、野球を辛いと感じたことがなかったんですよね。頑張れば絶対上手くなるし、プロ野球選手になれるって、本気で思っていましたから。上手くならないのは努力不足で……チームメートにもそう言っちゃっていたくらい。今思うと、傲慢《ごうまん》な考えですけど」

「そういうことは誰にでもあると思うよ」

「玲央さんにも?」

「まあ……小中学校のころの勉強は、そんな感じだったかも」

玲央が苦笑した。

「青柳さんにとっては、絵を描くことが大切なんですよね」

「そうだね。だからこそ、描いている場所を見ればと言ってくれて、ありがとう」

「そんな……あれは思いつきがポロっと出ただけで、俺は別に……」

「いや、助かっているよ。だからね――」

玲央は食器が入っている戸棚の方を見る。ニコッと笑顔になった。

「食事は遠慮しないでね。まあ、最近はちゃんと食べているみたいだけど」

同居を始めたころ、奏多が食費を遠慮して、あまり食べていなかったことを玲央はまだ気にしているようだった。

「玲央さん、過保護すぎますよ。俺だって倒れるようなマネはしないですし、まだ若いんですから、多少の無茶はききますから」

「若い……ね」

珍しく、玲央が含みのありそうな言い方をする。ちょっと失礼、と言って食事中にもかかわらず席を立った。

階段を上がって二階へ行ったかと思うと、すぐに降りてきた。

玲央の右手には一枚の写真があり、それをテーブルの上に置いた。

「これを見て」

写真は葉書サイズくらいだ。アジア系が一人、あとは彫《ほり》の深い顔立ちの人もいるし、肌の色も様々だ。真ん中にぽっちゃりした若い男性がいる。楽しそうな表情からすると、友人同士の記念写真といったところだろうか。背景に映り込む看板の文字は英語。建物の雰囲気からしても、そこが外国——恐らくアメリカだろうということは、奏多にもわかった。

「この写真がどうかしたんですか？」

「よく見て」

「よく見……え？　ええ？　えええ――？」

奏多は写真と玲央を交互に見る。少年っぽさが抜けきれないからか、今よりもいっそう中性的な印象を受けるが、目や唇はともかく、鼻の形は一緒だ。さらに髪の毛の色が、同一人物だと教えてくれる。ただ一点、明らかに現在と異なるところがあった。

「ま、まさか……玲央さん？」

玲央は心底嫌そうに顔を歪《ゆが》ませた。

「アメリカへ渡って、半年くらい経った十九のころの写真。……若気《わかげ》の至りとはこういうことを言う」

「顔……、丸いですね」

一緒に写っている同い年くらいの男性たちも、全体的に丸い。それに比べたら、玲央はほっそりしている。だが今しか知らない奏多には、驚くべき姿だった。

「向こうの食事は何もかもビッグサイズ。いくら代謝《たいしゃ》が良い年齢といっても、摂取《せっしゅ》過多だったと気づいたのは、十二キロも太ってからだった」

「十二キロ⁉」

思わず奏多の声がひっくり返った。

その数字が嘘ではないことは、写真が示している。

「若くても、無茶な食生活は身体に悪いよ、という見本がこれ」

玲央が、わかった？　と言っていた。

奏多は何度も首を縦に振った。

「ところで、さっきの、青柳さんの大学訪問。俺も同行してもいいですか？」

「構わないけど……奏多くん、授業あるよね？」

「午前はフルに入っていますけど、いつも午後は一コマしかないんです。でも今週のその午後の授業が休講になったんで。それとも俺、お邪魔ですか？」

「いや、青柳様も奏多くんがいた方が話してくれると思うから、ありがたいけど……もしかして、絵に興味があるとか？」

「いえ、ただ美大って行ったことがなかったから、入ってみたいだけですね。俺の大学には芸術系の学部はないし」

もちろん嘘ではない。でもそれよりも、何か自分にできることはないだろうか、と思う気持ちの方が大きい。

玲央が仕事をしている姿を、もっと見たかった。

「奏多くんは大学から直接向かう？」

「そうすると思います」

「じゃあ、現地の駅で待ち合わせにしようか」

約束の水曜日。学食で昼食をとった奏多は、太一の大学へ向かった。最寄り駅の改札口を抜けると、すでに到着していた玲央が壁に背を預けて、スマホをいじっている。今日は晴れてはいるものの気温は少し低い。玲央は薄手のロングコートを羽織っている。その姿がいつもの食卓のテーブルで向かい合う距離感とは違い、テレビ画面の向こうにいるように感じた。

気づいたのか、スマホから顔をあげた玲央が、奏多を見つけて手を振る。二人組の大学生らしき女性たちは、自分に向かって手を振っているのかと勘違いしたのか「え？　嘘、知り合い？」と少し耳に痛いくらいの高い声で、互いに訊ね合っていた。

被害者が増えないうちに行った方が良さそうだ。

奏多は歩幅を広げて、前を歩いていた女性たちを抜き、玲央に近づいた。

「遅くなってすみません」

「まだ、三分前だよ」

「五分前行動って言われていたので」

「誰に？」

「小学生のときのコーチに！」

玲央がふき出した。

「僕には気にしなくていいのに」

「でも目上の人との待ち合わせで、待たせるのは失礼かと……」

玲央が急に真顔になる。奏多の目を覗き込むように顔を近づけた。

五秒ほどそうしていたかと思うと、玲央は「それ本心で言っている？」と訊《き》いた。

「もちろんです」

玲央が急に歩きだす。奏多は慌ててあとを追いかけた。

「別にいいけど」

いいけど、と言いながら、あまり良さそうではない玲央は、いつもよりもずっと速いペースで奏多の前を歩いている。

なんだろう？　少し不機嫌な気がする。

「玲央さん、もしかして怒っています？」

玲央が足を止めて、振り返った。

「怒ってないよ」

「本当に？」

両肩が大きく動くくらい、玲央がはぁーと、息を吐く。

「奏多くんって、普段は感情の機微に敏《さと》いのに、たまに鈍感だよね」

「えー、やっぱり怒っていません？」

「……今日は最高の天気だと思っているだけだよ」

どう考えても話が繋《つな》がらない。が、これ以上引っ張っても、玲央が本心を語ることはなさそうだと思えば、奏多も追及しないことにした。

「確かに、晴れていると気分があがりますよね」

玲央がまじまじと奏多を見てから、再びはぁーと、息を吐いた。

「うん、そう。晴れて良かった」

奏多の返事を待たずに、玲央が大きな歩幅で歩き出す。奏多はまた、後ろを追いかけた。

「玲央さん、やっぱり怒っていますよねー」


太一の大学は駅からすぐのところにあった。それでも門の前についたときには、玲央の機嫌も元に戻っていた。

「青柳さんの教室は、わかっているんですか？」

「いや、でも駅で奏多くんを待っているときに、連絡したから」

日は差しているが、風が強いせいもあって、じっと立っていると肌寒く感じる。だが、いくらも待たないうちに、建物の中から太一が小走りでやって来た。

「すみません、お待たせしました」

この前、視鮮堂へ来たときはカジュアルな私服だったが、今日は作業服のようなつなぎを着ている。ところどころ絵の具がついていて、テレビや漫画で見る「美大生」の格好をしていた。

「こんなところまで来てもらって、ありがとうございます」

太一は恐縮していた。

「眼鏡屋さんがここまでしてくださるとは、思っていませんでした」

「玲央さんは、眼鏡屋さんっていうか、オプトメトリストっていう目のスペシャリストですから」

「奏多くん」

玲央は奏多を窘《たしな》めるような口ぶりだ。ただ、自分の仕事内容は正確に伝えたいらしく、オプトメトリストの説明をしながら、太一を先頭に、玲央と奏多がそのあとに続いて歩き始めた。

総合芸術学部というだけあって、建物の外を歩く学生はチェロやヴァイオリンが入った楽器のケースを持っている人もいる。普段、見ない姿の人たちのため、奏多の目には新鮮に映った。

建物は東西南北の名前が付けられ、太一のいる美術学部は西棟で、別の建物には、音楽や演劇用のホールもあるという。

もっとも太一に言わせると、同じ敷地内にあっても足を踏み入れることがないらしく、まだちゃんと見たこともないと言っていた。

「サークルとかで、別学科の人と親しくなれば違うのかもしれませんけど、僕の場合、放課後は描くか、バイトのどちらかなので、なかなか他学科に知り合いを作るのは難しいんです」

奏多は「わかります」と、同意した。

「確かに、所属している場所以外の人と知り合うのは難しいですよね」

玲央が首だけ動かして奏多の方を見た。

「奏多くんも？」

「俺は学科の友人よりも、部活の仲間の方が長い時間過ごしていました」

練習時間はもちろん、寮に住んでいたため、生活も共にしていたからだ。

ただ寮を出てからは当然、元チームメートと一緒にいる時間は減った。学内で会えば声をかけるが、以前と同じ距離感ではいられない。相手がそうでなくても、奏多の方が気にしてしまう。

玲央がポンと、奏多の肩をたたき、前を歩く太一には聞こえないくらい小さな声でささやく。

「焦《あせ》らない」

表情に出したつもりはなかったが、玲央にはわかっていたらしい。はい、とこれまた小さな声で答えた。

エントランスホールへ行くと、太一がエレベーターの前に立った。

「僕のいるところは八階になります」

階数表示を見たところ、最上階に教室があるらしい。

「上の階だと、授業ギリギリで着いたときは、エレベーターを待つのも焦《じ》れそうですね」

「そうなんです。タイミング悪いと、エレベーターもなかなか来ないし、だからといって階段では上がりたくないですからね。荷物が多い日なんて、学校に着いたときにはすでにクタクタですから」

「見晴らしは良いんでしょうけど」

「悪くはないですね。慣れてしまうと、最初ほどの感動はなくなりましたけど」

「八階にあるのは、何か理由があってのことなんですか？」

「僕も聞いた話ですが、彫刻とかの場合、扱う素材が重いので、上にあげられないというのがあるみたいです。大きな石とかは、運ぶのも一苦労ですから」

話をしている間に、エレベーターが到着する。他に乗る人がいなかったため、一気に八階まで上がった。

廊下は一直線に伸びており、太一は奥の方へ歩いていく。いくつかのドアの前を通り過ぎ、最後から一つ手前のドアをくぐった。

「僕がいるのは、この部屋になります」

失礼しますと言って、玲央と奏多が中に入る。入ってすぐに、ステンレス製らしき流し台がある。らしき、というのは絵の具で汚れていて、流しのところはすでにステンレスとは思えない色になっていたからだ。

さらに一枚ドアをくぐると、視界が開ける。ビルの中にある部屋、というイメージを持っていたが、それとはまったく違っていた。

「……高い」

思わず声が漏れる。玲央も「これは……」とつぶやいて、天井を見上げた。

最上階ということで空間に高さがあり、天井は傾斜がついていた。しかも半分以上はガラス張りで、天窓になっている。

晴れていることもあり、室内に太陽の光が降り注いでいた。壁面はすべて真っ白い塗装がされていて、天窓のない部分は蛍光灯が灯《とも》されている。外と同じくらいの明るさだった。

「夜になったら、星空が綺麗に見えそう。ね、玲央さん？」

玲央がピクリと反応する。が、奏多の問いに答えることなく、無言で天井を見上げていた。

室内にいるのに、差し込む光は外そのものだ。ずっとグラウンドで白球を追いかけてきた奏多にとって、青空が見える教室はうらやましい限りだ。

首が痛くなった奏多は下を向いた。元の床は白いようだが、色とりどりの絵の具が飛び散っていてカラフルになっている。いくつもの色が点々と重なり、この場で制作された絵の名残《なごり》が伝わってくるようだった。

「今は、学園祭用の絵を描いているところです」

小学校の教室くらいの広さのところに、いくつものキャンバスが置かれている。一人分のスペースは畳一枚分もない。

こちらへ、と太一が玲央と奏多を促す。床には画材が広がっていて、歩くのに気を遣う。散らばる絵の具を気にしながら、太一が制作している場所へ行った。

太一が描いていたのは静物画だった。テーブルの上の皿に花瓶が置かれ、その中に花が生けられている。テーブルクロスが垂れ下がる布の波打つ感じや、花びらのみずみずしさ、色鮮やかさがまるで本物のように描かれていた。

「上手《うま》いなあ……」

「ありがとうございます」

礼を言いつつも、太一は苦笑している。素直な気持ちが口からこぼれただけだが、伝え方が悪かったのかもしれない。

「えっと、お世辞とかじゃなくて、本気で言ってますよ？」

「はい。ただ僕くらいの絵を描く人は、大学の中にはゴロゴロいますし、美術の道を歩んでいる人達は、もっと先に進んでいますから」

「一年生ならそれで当たり前なんじゃないですか？」

「どうですかね」

今度は苦笑というよりは、悩ましそうな表情で、視線を落とした。

奏多は今の太一と似たような表情を見たことがあった。そして自分も、同じような顔をしていた時期があったように思う。

高校の野球部に入学したときと、大学の野球部に入学したときだ。

地元ではエースで四番。だけどそんな選手が全国から集まる。そしてその中で優劣が決まる。エースは一人だけだし、四番も一人だけだ。もちろんポジションも打順も争うが、争いに加わることさえできない場合もある。

それまで自分に自信があっただけ、レベルの高さに圧倒される。自信はもろくも崩れ去る。

でも、それだけで終わらないことも知っている。野球はピッチャーと四番打者だけで成立するスポーツではないからだ。

奏多には、美術のことはまったくわからないが、上手い人だけが生き残る世界ではないと思う。特に芸術分野の場合評価の基準は様々で、一律ではないだろう。

「上手く言えませんけど、俺は青柳さんの絵、好きですよ」

「私もです」

それまで天井を見ていた玲央も口を挟んできた。

「できる限り制作に集中できるように、手助けをさせていただければと思います」

「上手ですね。天宮さんの眼鏡が欲しくなります」

クスクス、と三人の間に笑いがこぼれる。

奏多はもう一度、太一の絵を見た。

上手いなあ、とつぶやいたのは本心だ。それは嘘ではない。

ただ奏多の場合、両眼で見ると絵が歪んでしまう。左目を隠して、右目で見ればピントは合う。距離を調節して両眼で見ることもできるだろうが、精度は落ちるだろう。

奏多には絵を描く予定はないし、片眼でとらえることに問題はないが、奥行きや広がり方には、制約がついて回るような気がした。

「お望みなら、絵画制作用の眼鏡をお作りしましょうか？　ボールのように動くものよりも距離感をつかみやすいので、絵画用の眼鏡の方が調整できるはずです」

営業用の声が、奏多の耳元で聞こえた。

「必要ないです。俺は絵を描きませんし、ちゃんと見えても、こんな技術を習得するには、老眼鏡が必要になるところまで頑張っても無理な気がしますから。俺の絵の破壊力は笑えるくらい、凄いですからね」

謙遜《けんそん》じゃないのが辛い。そもそも奏多の絵がひどいのは、目を怪我する以前の話だ。それでも高校の芸術科目で美術を選択したのは、選択肢の中に書道がなかったことと、音楽は楽譜が読めないからという、消去法もいいところだ。

太一が空中で絵を描く仕草をした。

「直接描くのが苦手でも、コンピューターを使う方法もありますよ」

「デジタルですよね？　テレビで見たことあります。タブレットで描いている人とか」

「スマホでも描けますね。それぞれに難しさはあると思いますけど、機械はそれまで絵を描くのが苦手だったという人にも、相性が良かったりする場合はあるみたいですし、岸谷さんもこれから始めてはいかがですか？」

「いやいや、無理ですって。俺なんか」

「そんなことないと思いますよ。眼鏡屋さんって、デザインの知識もあったほうが、おもしろかったりしますよね？」

「はー、さすが絵を描く人の発想ですね。でもそうか。言われてみればそうですね」

「僕のいる学科はちょっと違いますけど、美術系だとグラフィックや装飾、プロダクトデザインなんてものもあるので、まるっきり畑違いではないんですよ。美術系出身の人もいると思いますけど？」

「あー……どうなんでしょう？」

助けを求めるように、奏多は玲央に訊ねる。

今度は玲央が苦笑した。

「おっしゃる通り、フレームをデザインする人の中には、美術系の出身者もいますね。それについては、私も耳が痛い話です。機能的なことを考えることはありますが、オシャレという意味では得意とは言えないので。でも青柳様のおっしゃる通り、眼鏡はデザイン的なことにこだわる方もいらっしゃいますから、どちらの知識も技術も兼ね備えているに越したことはないと思います。今後は、そういったことも勉強していきたいとは思います。

しかし今は……」

玲央の眼差しが鋭くなる。眼鏡の奥にある、目が光ったように感じた。

「もしかして、何かわかったんですか？」

興奮する奏多に、玲央は落ち着いて、と制するように右手を出す。

「もともとここに来る前からいくつか想像していました。が、想像以上だったというのが正直なところです。それにまだ気になることがありますので、これからいくつか、確認をしたいと思います」

玲央はスマホを何やら操作し「あと、一時間くらいか……」とつぶやいた。

「俺にできることがあれば、何でもやりますよ」

力仕事でもなんでも、と奏多が軽く腕まくりをすると、玲央が財布から千円札を一枚取り出した。

「じゃあ、自販機でお茶を買ってきて。エレベーターの近くにあったから」

「え？」

「青柳様の分と、奏多くんも好きな物を買ってきていいよ」

「あ、はい……」

ただの使いっ走りにしか思えないが、奏多は言われた通りのことをする。

ペットボトルを三本手にして走って教室に戻ってみると、太一が作業を始めていた。

「お待たせしました。どれがいいですか？」

お茶、と言われたのでとりあえず、緑茶、紅茶、それとコーヒーの三本を購入した。玲央と太一に選んでもらってから、余ったのを奏多が飲めばいい。

だが玲央はなかなか選ばない。そんなに悩むことだろうか、と疑問に思って顔をあげると、玲央はペットボトルではなく奏多を見ていた。

「僕じゃなくて、青柳様に先に選んでもらって」

「わかりました」

奏多が太一の方へ行くと、背中の方からため息が聞こえたような気がした。


調査が開始されたものの、奏多が手伝えることはなかった。座って見ていただけだ。玲央は作業中の太一に近づき、ときおり「見え方はさっきと同じですか？」といった質問をして、スマホよりも小さな黒い機械を出していた。何かの数値を測定しているのはわかるが、玲央には黙って見ていてと言われているから、声をかけられない。

わかったのは一つだけ、太一の顔と作品の距離を測っていたことだ。といっても、太一も集中しだすと前のめりになるのか、距離は一定ではない。近づいたときも計測していた。

手持無沙汰《ぶさた》の奏多は、教室にいる他の学生に視線を向けた。

大学一年となると、年齢は奏多とほとんど違わない。野球をやっていなければ、自分もこの教室にいたりなんてことが……。

——眼鏡屋さんって、デザインの知識もあったほうが、おもしろかったりしますよね？

不意に、さっき太一に言われた言葉を思い出した。

過去はともかく、未来を「ない」と決めつけたくはない。

それこそ今は、広くいろんなものに目を向けていきたい。それが奏多の大学生活の間にすることであり、玲央が与えてくれた時間だと思うから。野球を思い出にするにはまだ時間が必要だが、いつか、奏多の視界に映る世界が今と違っていたら良いな、と思っていた。

お茶を買いに行ってから約一時間後。室内が急激に陰った。とはいえ、照明で十分な明るさはある。ただ、太陽の光が陰るとそれまでよりも暗く感じた。

奏多が上を向くと、雨がポツポツと、天窓を濡らし始める。

玲央は相変わらず太一から目を離さずに、見つめていた。

奏多も息をひそめて、太一の様子を探る。特に変わった感じはないが、さっきまでよりも筆の進みが良い感じがした。

玲央が椅子から立ち上がり、太一のところへ行く。作業中の太一に顔を近づけて、耳元で何か訊ねていたが、その声は奏多のところまでは届かなかった。

やがて天窓に打ち付けていた雨の強さが増すと、玲央がじっと天を見上げていた。

奏多たちが大学を訪問した一週間後の水曜日。太一の予約が入った。

今のところ太一以外予約がないためスムーズに対応できるが、この先もこのスローペースな接客が続くかはわからない。もっとも、ホームページに訪れる人の数は少なく、たまに更新するSNSの反応も芳しくない。

それでも玲央に焦りは見えない。淡々と太一の眼鏡の準備をしていた。

予約時間は夜の七時。奏多は前回のように三人分のティーセットを用意して、太一の来店を待っていた。

「今日は眼鏡を作ることになるんですよね」

いくつかのレンズやフレームを用意していた玲央は、手を休めずに答えた。

「恐らくね。価格も事前に伝えたけど、それでも欲しいって言ってくれたから。ただ……説明を聞いたらどう判断するかはわからない」

「普通、現地調査までする眼鏡店なんてありませんよ」

玲央のためにも売れて欲しいと思う奏多は、言葉に力が入る。だがやはり、玲央は淡々としていた。

「必要があればこれからもするよ」

店内にチャイムが鳴る。奏多は店のドアを開いた。

「いらっしゃいませ、お待ちしておりました」

太一が入り口の前に立っていた。

「何度もすみません」

「それは、こちらのセリフです」

さすがに三度目の来店ともなれば、太一も落ち着いている。

奏多は準備していたティーセットをテーブルの上に置き、玲央の隣に座った。

「砂糖とミルクが必要でしたら、こちらをお使いください」

「紅茶？」

太一がティーカップを指さしていた。

「コーヒーよりも、紅茶の方がお好きなのかと」

「そう……ですけど、どうして？」

たいした話ではない。この前、大学へ行ったとき、コーヒーと紅茶と緑茶のペットボトルを出したら、太一は迷わず紅茶を手にしたからだ。

玲央がタブレット端末を手にして「この前、大学へうかがって調べた結果のことですが」と、さっそく説明を始める。

「原因はわかりましたか？　眼鏡で改善しますか？」

「ええ、眼鏡をかければ、青柳さんの見える世界を美しくできます」

玲央は断言した。が、なぜか表情は険しい。奏多はすでに原因を聞いている。太一がどう判断するのか、それを知りたかった。

「良かった！」

「ですが、お望みの結果とは少し違うかもしれません」

「どういうことですか？」

太一の顔に疑問が浮かぶ。

玲央がタブレットの上に指を滑らせ、先日計測したデータを開いた。

「青柳様が〝見えにくい〟ということについてですが、正直なところ、お話だけではわかりかねました。見えるときもあるし、見えないときもある。しかもほぼ絵を描いているときだけという特殊な状況でしたので、創作環境を拝見することにしました。やはり見学にうかがって良かったと思います。それと奏多くんの意見も」

「え？　俺、何か余計なことを言いましたか？」

「余計じゃないよ。僕も、可能性の一つとして考えてはいたけど、奏多くんも同じタイミングで気づいたじゃない」

「え、え、何ですか？」

「まずは青柳様へのご説明をするね」

すみません、と奏多が謝ると、太一が待ち切れないとばかりに口を開いた。

「検査ではわからないことだったんですか？」

「はい。データだけで判断できないこともあります。実際、以前作られた眼鏡の度数に狂いはありませんでしたし」

「それは何度も言われました。これで問題ないはずだって……」

「一番広く行われる視力測定は、あくまでも距離による検査ですからね」

「だけど僕に必要だったのは違う、ということですね？」

玲央は自信に満ちた表情をしていた。

「はい、青柳様の目は、通常よりも明るさに弱いです」

「普通、明るい方が見やすいんじゃないですか？」

「普通を多くの人、と言い換えれば、確かにそうなります。ですが青柳様の場合、普通の明るさでは眩《まぶ》しく感じ、物が見えづらい。こういった症状を羞明《しゅうめい》と呼ぶのですが、原因は様々で、現代の医学ではすべてが解明されているわけではありません」

「僕の場合は、どこが悪いんですか？」

「どこも悪くありません」

「悪くないのに普通より、眩しく感じるんですか？」

「悪くないというと語弊《ごへい》があります。若干のドライアイではありますね。症状としてはそれほどひどくないようですが」

「眼鏡でもドライアイになるんですか?」

「もちろんです。加齢や乾燥した部屋、夜更かしなどでもなりますし、近年はデジタル機器……タブレットもそうですが、スマートフォンやパソコンなどの使用時間が長くなったことによって、ドライアイになる人はいます」

「じゃあ、ドライアイが治れば、見えやすくなる、と?」

「今より改善するかもしれません。ですが根本はそこではないと私は考えます」

そう言った玲央は、別の画面を表示した。

「これは先日、検査をさせていただいたときの青柳様の瞳を撮影した写真です。写真ですので若干、実際の眼球と色味が異なりますが、大きな違いはありません」

タブレットに、太一の片眼が大きく写し出される。まじまじと他人の瞳を見ることはまずないため気にしていなかったが、あまり見ない色のように思えた。茶色と緑の間のような色味だ。

「日本人はブラウン系の瞳の人が多いと言われていますが、実際にはグリーン、グレーなど、様々な色を持っている人がいます。ちなみに完全なる黒目というのは、目の中心だけで、周辺には存在しません」

「へー……」

太一よりも、奏多の方が思わず聞き入ってしまう。これからは、他人の目の色にも関心を持ちそうだが、あまり見入っていたら変人扱いされてしまいそうだ。

……あれ？　と、奏多は思った。

そういえば、玲央は初対面の人の顔をジッと見ているときがあるような気がする。もしかして顔ではなく、目を見ていたのだとしたら。

あり得る……と思ったが、太一への説明中のため、質問はやめておいた。

玲央が少し背筋を伸ばして、また話し出す。

「他にも、琥珀《こはく》色と呼ばれるアンバーやブルーなどがあり、ブルーはメラニン色素が少なく、眩しさを感じやすいと言われています」

「目の色で、眩しさの感じ方に違いがあるんですね。でも僕の色は……」

再び太一と奏多は、タブレットを覗き込む。

「青ではないですよね」

「はい、青柳様はヘーゼル……淡褐色《たんかっしょく》で、ダークグリーンとライトブラウンの中間くらいの色をしています。これまた多数を普通とするなら、多くの日本人よりも、瞳の色が薄いことは間違いありません。ちなみに、ご両親や祖父母の中にヨーロッパなどの出身のかたはいらっしゃいますか？」

「聞いたことないです」

「そうですか。まあ、色に関しては、遺伝ばかりではないですし、代々日本人であっても、色が薄い人もいますので、ない話ではありません。ただ子どものころから、人より眩しく感じることはなかったですか？」

「どうだろ……そういうことって、他人と比べようがないし」

太一は記憶を掘り起こすように、遠い目をしていたが、これといってエピソードはないらしい。

だが奏多の中でひらめいた。

「そういえば青柳さん、小学校のころ、野球をしていたって言っていましたよね？　ゴロが捕れないのも、バットに当たらなかったのも、眩しくてボールが見えなかったんじゃないですか？　子どものころの練習ってほとんど日中だったと思いますし」

「確かに、練習はいつも日曜日の午前だったので明るかったとは思いますけど……そういえばコーチに、ボールをよく見ろって、打撃でも守備でも言われていましたね。見ていたはずなんですけど。ただ、僕は他のスポーツもダメなので……」

プレーを見ていない以上、奏多にも判断はできない。ただ、ボールがよく見えない状況でプレーをする難しさは知っている。太一については確かめようもないが、その可能性は否定できない。

玲央がタブレットの画面をスワイプして変えた。

「こちらは、先日の教室の中を照度計で測定した数値になります。途中で空模様が変わり、晴れから雨となったため、数値に大きな変化が起こりました。これは天候が安定していても、夜になれば似たような現象になると思います」

「もしかして、俺が夜になったら、星空が綺麗に見えそうって……」

「そういうこと」

奏多は単純に、思ったことを口から出しただけだ。ただ、玲央の判断に役立ったのなら嬉しい。

玲央が持つタブレットには、時間ごとの明るさの数値が、グラフとして表示されていた。明るさを示す単位はルクスで示されている。

「さきほど青柳様がおっしゃられた通り、一般的には明るい方が作業はしやすいとされています。時代とともに人工照明……蛍光灯などが明るくなったこともあり、今は事務室の推奨値が五〇〇〜一〇〇〇ルクスとも言われています。絵を描かれる方が、どのくらいの明るさを必要としているかまではわかりませんが、恐らくこれに準じるものと思われます。ただ、青柳様がこれまで過ごされていた高校の美術室などは、私の学生時代の経験から想像しますと、時間や日差しの状態によっては、それほど明るくないこともあったかと思います」

「その通りです。古い校舎だったので、そこまで明るくはありませんでした」

「ちなみに、先ほどの野球の話に戻りますが、真夏の晴天下では、約一〇万ルクス以上と言われていますから、見えにくくても不思議ではありませんね」

「そうだったとしたら、サングラスを使っていれば、違っていたんですかね」

「可能性としては、考えられます」

玲央は話を戻しましょう、と、再びタブレットに注意を求めた。

「青柳様がおっしゃった〝見えたり見えなかったり〟というのは、太陽の角度や季節、時間や天候によって光の入り具合が異なりますから、真夏の正午あたりになれば、眩しさは相当なものかと思われます。しかもあの作業していた部屋の壁面はすべて白だったため反射もします。なおさら見えにくさを感じても、不思議ではありません」

「明るいと見えにくいというのも、おかしな話ですね」

「それだけ、見え方には個人差が大きいということです。そのための補助として、眼鏡を使用していただければと思います」

玲央の姿勢はブレない。いつだってその人に必要な眼鏡を作ろうとしてくれる。

ただ、太一が店に来る前、玲央はこう言った。——説明を聞いたうえでどう判断するかはわからない、と。

それはどんなに頑張っても、正常な目に成り代わる完璧なものは存在しないということでもある。

玲央はタブレットの画面をスライドする。レンズの写真と説明が表示された。

「私からのご提案としましては、こちらのレンズをお使いになってみるのが良いかと思います」

「……偏光《へんこう》レンズ？」

「はい。簡単にご説明すると、光の乱反射をカットして、視界の眩しさをなくすレンズです。調光レンズという、紫外線量に合わせて、色が変わるレンズもあるのですが、あの天窓はUVカットガラスのため、明るくてもほとんど紫外線を透過いたしません。その場合、あまり威力を発揮できないと思いますので、偏光レンズを試してみるほうがよろしいかと思います」

「それをかければ、見やすくなるんですね？」

「確実なことは言えませんが、恐らくは。ただ、かける前からわかっているデメリットがあります」

「デメリット？」

「偏光レンズは、完全なる無色透明のものが存在しないんです。つまりどれだけ薄い色の物を求めても、視界には〝色〟が加わります。運転や屋外スポーツなど、色の変化に問題ない場面の使用が多いかと思いますが、今回の青柳様の場合、色が変化すると……」

「線を描くときはともかく、着色するときは色の見え方が変わってしまうってことですね」

「そうです」

太一はタブレットの画面を見ながら、うつむいている。

奏多は太一がどういう選択をするのか、見守るしかない。

太一が来る前に玲央から受けた説明では、一番分かりやすい例えは、色の濃いサングラスをかけて物を見るイメージ、と言われた。そこまで極端な色の変化はないレンズもあるが、通常の眼鏡と同じにはならないという。

絵を描く人にとって、それが致命的なことは奏多でも想像できる。

玲央のティーカップの中身は一口も減っていない。ずっと太一と向き合っていた。

「もう一つのご提案は、眼鏡を作らない方法です」

「え？」

「は？」

太一と奏多の疑問がそろった。

「別の教室……最上階以外の部屋では天窓は作れませんから、他の階、もしくは遮光《しゃこう》カーテンなどを使って別の場所で描かれるなら、眼鏡は必要ないかと思います。学校に掛け合ってみるのも、選択肢の一つとしてあるかもしれません」

奏多は、この人、何を言い出すんだ？　と思った。眼鏡屋が眼鏡を売らずにどうするのだろうか。

だが玲央は、使用者の最善を提供する、というスタンスは一ミリもブレない。

太一が突然、笑い出した。腹を抱えていた。ひとしきり笑ったあと、目じりに浮かんだ涙を、人差し指で拭った。

「天宮さん、真顔で面白いこと言いますね。でも僕は、あの場所で描きたいです。絵って、基本的に一人で描くものですし、誰もいない方が落ち着くことも多いです。でも、それなら大学に入らなくても、描くことはできるんです。それこそ親が望んだように、家で描けばいい。だけど僕はそうはしなかった。もちろん専門的に学んでみたいということが一番の目的です。ただ入学してみたら、それだけではなかったことを知りました。誰かの存在が、誰かの絵が、自分の刺激になります。たまに、うるさいな、と思うこともありますし、周りと比べて自分の下手《へた》さに落ち込んだりもしますけど、それも作品に影響を与えてもらっているような気がするんです」

だから、あの場所で描いていたい。

晴れ晴れとした表情で、太一はそう言っていた。

「眼鏡、作ってください」

「デメリットについては、ご理解いただけましたか？」

「はい。着色は時間や天候を見ながらやっていこうと思います。夜は今使っている眼鏡を使えば良いですし。それに……」

「それに?」

太一が何を言い出すのか想像ができない玲央と奏多は、二人で同時に身を乗り出す。

「もし違う色が見えるなら、それも見てみたいなって。大学にはあと、三年以上いますから、あえて色が変わった状態で着色してみるのも面白いと思いませんか?」

玲央の口が、わずかに開いた。

芸術家の考えることは、奏多にはもちろん、玲央にも想像できなかったらしい。色が変わるなら変わるのを楽しんでみる、という発想はなかった。

太一を凄いと思った。同時にちょっと悔しいとも思った。奏多にはないその視点がうらやましかった。

奏多が膝の上でぎゅっと拳を握ると、隣から視線を感じた。

横を向くと玲央と目が合った。

「奏多くんのペースで」

やはり急ぐ必要はない、と言ってくれる。

玲央は「さて、それではレンズを合わせてみましょう」とソファから立ち上がり、太一を検査機の前へ促した。

奏多はすっかり冷めた紅茶を口にしながら、玲央たちを見る。

事前に用意しておいた、絵本や色鉛筆などを出しながら、レンズの種類によっての見え方の違いを説明していた。

一歩離れた場所にいる奏多は、手で左目を隠した。じっくり見たいときは怪我をした左目より、右目に集中した方が良く見える。

検査用の眼鏡のフレームを太一にかける玲央は、右に左に、わずかなズレも許さないとばかりに、首を動かしている。

自分の目を通して、太一の視界を体感しているかのような眼差しだ。

至近距離で玲央の顔が近づいた太一は一瞬のけぞる。が、玲央は冷静な声で「動かないでください」と言っていた。

「あれ結構焦るんだよなあ」

奏多は独り言のつもりだったが、その瞬間、太一が小さくうなずいていたような気がした。

翌週、太一が完成した眼鏡を受け取りに来る前に、奏多は店の掃除をしていた。

「このソファ、凄く良いものですよね？」

太一の眼鏡を準備していた玲央が、意外そうな顔で奏多を見ていた。

「奏多くん、家具とか詳しいの？」

「詳しいってほどじゃないですけど、祖母の友人が、アンティークの家具や雑貨を扱う店をしていたので、子どものころ連れて行かれたりして」

「僕の祖父と話が合いそうだね。お祖父ちゃん、そのソファに凄く思い入れがあるみたいだから」

「そうなんですか」

ゴブラン織りの生地が張られているソファは、背もたれのへりの部分が美しい曲線を描き、優雅な印象を受ける。ところどころ傷があるのも、長い時間過ごしてきた歴史を刻んでいるようで、愛おしささえ感じた。

「太一くん、新しい眼鏡を使えば、絵が描きやすくなるんですよね？」

「そうなると良いと思って、僕は眼鏡を作ったよ」

「ですよね……」

そうであって欲しい。その気持ちは、奏多も玲央と同じだ。だけど奏多の声は、自分でも驚くほど、沈んだものになった。

当然、玲央が気づかないわけがない。心配そうに奏多を見ていた。

「どうかした？」

「いえ……ただ俺は、玲央さんに眼鏡を作ってもらったのに、結局野球を辞めちゃったと思って……」

玲央の都合などお構いなしに、夜間に突撃して作ってもらった眼鏡は、それまで捉えることのできなかったボールを、しっかりと奏多の目に映してくれた。最後の思い出作りと言われて立った打席でヒットを打ち、監督からはもうしばらく様子を見てみようとさえ言ってもらえた。

だけど、奏多はその場で退部を口にした。玲央が作ってくれた新しい眼鏡は、それまで使っていたものよりは見えたものの、自分の夢には届かないことも知ってしまったからだ。

それでも、続けていたらどうなっていたかと、考えることがある。諦めるのが早すぎたかもしれない、と思うときもあった。

甲子園には、春夏合わせて三回出場。最高成績はベスト8。野球を始めたころに抱いた「将来はプロ野球選手になりたい」という思いは、年齢とともに難しいことは理解していても、夢だと笑うほどではない位置にいた。

スター選手との実力差は知っていたし、奏多がそのレベルになれるかと問われたら、厳しいかもしれない。だけど幼いころからの夢だったプロの選手を諦めるかどうかは、残りの大学生活の間に、見極めれば良いと考えていた。

でも奏多は諦めた。続けられなかった。

「ごめんなさい。俺……」

ずっと、玲央に謝らなければならないと奏多は思っていた。

はあーっと、ため息の見本のような息が、玲央の口から洩《も》れた。

怒らせた？　と奏多は身を固くする。だが、玲央の表情はなぜか笑顔だ。

「そんなこと、奏多くんが気にすることないよ。元通りに見えないことは、僕が一番よく知っているから。奏多くんはプロを目指していた。そのステージに上がるには、申し訳ないけど、眼鏡では補いきれなかった。そういうことだよ」

「でも、せっかく作ってもらったのに……」

「それで、最後の打席でヒットが打てたなら、当初の目的は果たせたんじゃない？」

「そう……ですかね」

「少なくとも、僕はそう思うし、僕は眼鏡を通して、見ている人の世界を美しくしたいだけだから。それは、ここに来るお客さんも、そして奏多くんも同じだよ」

だとしたら、この割り切れない気持ちは、時間に任せるしかないのだろうか。

誰かが前に進む姿を見ながら、奏多にとって新しい景色を見つけるまでは、視鮮堂で探してみるのもいいかもしれない、と思った。

視鮮堂にやってきた太一に、出来上がった眼鏡をかけさせて、何度も微調整を繰り返す。レンズと目の位置をピタリと合わせ、最適な位置を探していた。

やがて玲央が「終了です」と言うと、太一が窓の外を見た。

「あ……」

「今は夜ですから」

もちろん、夜でも見えるレンズだが、試す時間としては最適ではない。新しい眼鏡をはずして、じっくりと眺めている太一はワクワクしているようだった。

「学校で使ったら、感想を連絡します」

「新しい眼鏡の場合、最初は違和感を覚える人もいますが、徐々にしっくりくると思います。ただ、しばらくしても合わないようでしたら、またご連絡ください」

「わかりました。あの……」

「なんでしょう？」

「この眼鏡、絵を描くとき以外も、使ってもいいんですよね？」

「もちろん、視力も合わせていますので、晴れた日のドライブなどでも使い勝手が良いと思いますよ。運転免許はお持ちですか？」

「いえ、それはまだ……そうじゃなくて」

それまで玲央と話していた太一が、お茶菓子を用意していた奏多に近づいてきた。

「あの……今度、野球を見に行きませんか？」

「え？」

「岸谷さん野球やっていたっていうし、僕の周り、サッカーファンはいても、野球のファンがいなくて。だからそのうち神宮でデーゲームでも一緒にどうかなって」

「ああ……」

奏多が若干、返事に悩んでいると、太一はサッと顔色を変えた。

「もしかして、他球団のファンとかですか？　だったら……」

「いや、それは大丈夫です。好きな球団はありますけど、俺の場合、野球全体が好きなので、全然平気です」

この手の話は、人によっては戦いになる。戦うのはグラウンドにいる選手なのに、なぜかスタンドにいるファンの方が熱くなることもあるくらいだ。

奏多が悩んでいるのはそこではなかった。

むしろ、スタンドで熱くなれるのなら良い。そうではなく、冷めた目で野球を見る自分がいたらと思うと、その方が辛い。

玲央が会話に加わった。

「野球、しばらく見てないですね」

太一が玲央の方を向いた。

「天宮さんもお好きなんですか？」

「お二人のようにプレーの経験はありませんけど、アメリカにいたときは、何回かメジャーの試合の観戦もしましたし、高校野球も何度か。でも、日本のプロ野球はまだ見たことがありません」

「はあ？　何ですか、それは？」

奏多は頭で考えるよりも先に、言葉が出ていた。

「アメリカより先に、日本のプロ野球見ましょうよ」

「今さら先に見るのは無理だと思うよ」

「じゃあ、これから見ましょう。面白いですよ。いや、もちろんメジャーも良いですよ。俺だって、本場の球場で見てみたいです。でも日本の野球を見ずして、何がメジャーですか。うん、日本にいるうちに行きましょう。行くべきです！」

「べきって、そんな大げさな……」

奏多の迫力に押され気味の玲央は「じゃあ、三人で……」と、引き気味に言う。

胸の奥にあるチクチクとした痛みは、まだ消えることはないが、少しずつ遠ざかっていくような気がしていた。

※

玲央が仕事を終えて帰宅すると、奏多の姿はなかった。今日は大学の授業のあと、イベントのバイトに行くと言っていたから、帰ってくるのはもう少しあとだろう。

お茶でも飲もうかと居間へ行くと、テーブルの上に、スケッチブックが置いてあることに気づいた。玲央の物ではない。

「奏多くんが出しっぱなしなんて珍しい」

コンロにヤカンをセットして、お湯が沸くのを待つ。

その間、特にすることがなかった玲央がスケッチブックの表紙をめくったことに意味はなかった。何となくの行動だった。

「ん?」

一枚目に鉛筆で描かれていたのは人物画だった。人物とわかるのは、目と鼻と口があること、それと眼鏡をかけていたからだ。かなり個性的で独特な表現方法の絵、と玲央は思う。人によっては、若干の揶揄《やゆ》を込めて画伯……と評すかもしれない。

「太一くんの影響か」

これまで奏多が絵を描いている場面を目にしたこともなかったし、美術館へ行くこともなかった。最初のうちは丁寧に描こうとしているのか、力のこもった線もあったが、目や鼻のあたりは雑に感じた。

「途中から飽きたってところかな」

奏多は今、もがいている。目標を失って、これからどうしようかと悩んでいる。そんな中、とりあえず興味を持ったことに手を伸ばしている。

描いたのは一枚だけかと思った。だが、紙の右下の方に少しだけ折り目があった。玲央がもう一枚めくる。思わず息をのんだ。

「……え？」

絵の技法的なことを言えば、やはり上手くはない。全体的なバランスは狂っているし、線がいくつも描かれていて、表現したいところが曖昧《あいまい》になっている。でも玲央は、その絵に目を奪われた。

「面白い」

そこにあったのは眼鏡のフレームのデザイン画だ。なかなか独特な形だ。左右のレンズ部分の形状が異なっている。

「店にあったらちょっと困るけど……」

次のページには、左右のレンズの高さが違うデザインが描かれていた。視力矯正用には使いにくいだろう。とはいえ、オシャレとして使うのなら、アリなのかもしれない。知識がないからこその自由ともいえる。

遊び心満載の奏多のデザインを見ていたら、玲央も何か描いてみたくなった。

白紙を一枚持ってきて、鉛筆を片手に頭の中で形を想像する。

「どうせなら、レンズを入れて使えるのがいいな」

レンズを囲むリムはフルリムタイプ。形は丸眼鏡と呼ばれるラウンド……ではなく、丸みのある逆三角形のボストン。クラシックな形だから、どんな場面でも使える。

「スーツにもジーンズにも合わせるとなると、柄を入れるよりは無地の方がいいかな」

玲央は大学時代に、少しだけデザイン画を描いたことがある。とはいえ体験程度で、基礎をかじっただけだ。それでもバランスよく上手く描けた。が——。

「なんかつまらない」

単色で描いているとはいえ、面白みがない。良く言えば万人受けしそうだが、悪く言えば無難すぎる。

玲央は奏多の絵をもう一度見る。どう見ても、奏多のデザインの方が個性的で面白い。

「うーん……」

無難を選んでしまうのは、その方がいろいろな状況に対応しやすいからだ。眼鏡は使用者の目の位置に合わせて、レンズの中央が来るように作っている。左右で高さを変えればもちろん、形がいびつでは物理的に合わせづらくなるし、見えにくくなる。

見るために眼鏡をかける、というのが基本ラインにある玲央にとっては、そこはどうしても外せない。

とはいえ、今描いているのは遊びだ。実際に作るわけではない。

鉛筆を置いた玲央は、紙をくしゃくしゃに丸めて、ゴミ箱に捨てた。奏多に見られたくなかった。

ちょうどそのとき、ヤカンが「ピー」と鳴った。二十年以上祖父が使っているヤカンは少しレトロだ。

玲央がコンロの火を消してお茶の準備を始めると、「ただいま帰りましたー」と、店の方から奏多の声がした。

入って来た奏多の眼鏡は白く曇《くも》っていた。室内外の気温差のせいだ。

「いやー、夜はすっかり寒くなりました」

「この時間になると冷えるよね」

曇っていた奏多の眼鏡のレンズが徐々にクリアになっていく。その瞬間、にこやかだった奏多の目が険しくなった。

「あっ！」

ヤバい、と思ったときには、奏多の手にはスケッチブックがあった。

「玲央さん、見ましたね！」

開きっぱなしにしていたのだから、言い逃れはできない。

奏多の顔は、寒さ以外の赤みが差している。

「ごめんなさい」

玲央は素直に謝ったが、奏多は駄々っ子のように「どうして見るんですか!」と叫んだ。

「ゴメン、何となく……置いてあったから。いや、これは僕が悪いね。置いてあっても勝手に見るべきではなかった。ごめんなさい」

奏多がそっぽを向く。

「別にいいですけど」

あまり良さそうではないが、置きっぱなしにしていた自分にも否があると思っているのか、それ以上怒ることはなかった。

「どうせ、俺は下手ですよ」

「いや……面白かったよ」

「絵を見て、面白いって評はないです! マンガや風刺画じゃないんですから」

それもそうかと思ったが、奏多の絵が面白いと思ったのは事実だ。そして、自分の絵がつまらない、と思ったことも。

「面白いって、英語の funny の方じゃなくて interesting の方のことだよ。僕は奏多くんのデザインを、面白い――興味深いと思ったんだ。それを実用化できるかはわからないけど、人に興味を持たせることはできていたし、僕がいいなって思ったのは本心だよ」

自分の絵と違って、とは口にしない。

そんなズルさは許して欲しい。今は自分の情けなさにショックを受けているのだから。

玲央の真意が伝わったのか、奏多は少しばかり照れ臭そうにした。

「慰《なぐさ》めてくれなくていいです」

ようやく奏多が玲央の方を向く。

「慰めじゃないよ。まあ……人物画は太一くんに習っても良いかもしれないけど」

「ホラやっぱり、俺の絵をバカにしている」

「そんなことないって！　面白かったって言ってるでしょ」

どうすれば奏多に真意が伝わるだろうか。

そんなことを考えながら、玲央はチラリとゴミ箱の方に視線を向けた。

二章

二月——眼鏡と外見

電話が鳴っている。

——うるさい。

ふわふわと夢心地の奏多には、ただの雑音にしか聞こえない。

コール音が五……六……と続いた七回目で、その雑音は声に変わった。

「もしもし天宮——あ、はい視鮮堂です」

どうやら仕事の電話らしい。

「ええ、そうですね。基本的にはご予約のお客様のみとさせていただいております。——いいえ、検査料は無料ですし、ご納得いただけなければ、ご購入されなくてももちろん結構です」

ああ、客からの問い合わせか、と奏多は玲央の低音でよく通る声を、子守歌のように聞いていた。

もう少し聞いていたい。だが強い眠気は、奏多を再び夢の世界へと引っ張っていく。起きようと思っても、瞼《まぶた》は接着剤がついているかと思うくらい開かない。

「奏多くん、奏多くん、寝るなら部屋に行ったら？」

肩を揺すられて、奏多はハッとする。まだ覚醒しきれないまま、ソファから勢いよく立ち上がって、深く頭を下げた。

「申し訳ありません！　お店で寝るなんて、ありえないですよね。本当にすみません」

従業員が店で寝るなんてあっていいわけがない。最近この店にも、玲央との生活にも慣れて、気が緩《ゆる》んでいたようだ。自分はあくまでも居候の身という立場を忘れてはならない、とぼんやりした頭で奏多は考えた。

ふーっと、深いため息が奏多の耳に届いた。

「頭を上げて」

でも……と、奏多が渋《しぶ》ると、いいから、と少し強めの口調が聞こえてきた。顔を上げると、玲央の呆れた顔が見えた。

「奏多くん、今日まで大学のテストで、ここ数日、あんまり寝てないでしょ」

「寝ました！　ちゃんと寝てます」

「テスト期間中は、無理に店に出なくて良いって言ったよね？」

「はい、でも、もう終わったんで……」

正確には、今日の午後まで後期テストがあった。野球部を退部して初めてのテストとあって、奏多はこれまでになく勉強に力を入れた。そうしなければならない、という物理的な理由もあった。

これまでは、部活の先輩から過去の問題が流れてきたため、効率よく単位を取ることができた。だが、その先輩たちはもう頼れない。いや、頼れないと、奏多は思っていた。問題を起こして退部したわけではないから、奏多が頼めば過去問くらい見せてくれるとは思う。でもそれが、奏多にはできなかった。まだ、野球部のメンバーの顔を見るのは、ちょっと辛い。

そんな経緯もあり、今回のテストは、ほぼ自力で勉強するしかなかった。

あまり効率のよくない勉強は、無駄に時間ばかりかかったため、夜もほとんど眠れなかった。

「今回、テスト期間中はお店に出るのを休ませてもらったじゃないですか。そもそもこの家に住まわせてもらっている時点で、手伝うのは当たり前ですし」

「僕がそれで良いって言ったんだから、気にしないで」

「そうは言いますけど、俺、テスト中は家事も手抜きだったんですよ。お惣菜《そうざい》やデリバリーのピザを買ってもらったときもあったし、掃除だって三日に一度になったり……」

「それで充分だよ。僕一人だと、いつ掃除したのか思い出せないくらいになるし、洗濯だって溜めてしまうからね。それに、たまにはジャンクフードも食べたくなるし、今どきコロッケなんて家で揚げない人も多いって、この前テレビで言っていたよ。奏多くんは十分できることをしていたと思うよ」

それはそうかもしれない。玲央の場合、放っておけば部屋は際限なく散らかるし、決まった料理以外できないから、食事だって同じメニューばかりになるだろう。洗濯は玲央が干すと、いつも皺《しわ》だらけだ。それを考えれば、奏多の適当さはまだマシだったかもしれない。でも――。

「玲央さんの基準はおかしいですから、一緒にしないでください！」

言ってしまってから、奏多は気づいた。

そもそも悪いのは、店で居眠りをしていた奏多だ。しかも謝っていたはずなのに、なぜか怒っている。

「やっぱり奏多くん疲れているんだよ。真鍋さんには明日にしてくださいって言っておくから、部屋で寝てきなよ」

「でも……」

テスト中、サボっていたのは家事だけではない。

玲央に頼まれている、ご近所さんとの将棋の相手も待ってもらっていた。特に真鍋との対局は途中になっている。今のところ対戦成績は奏多の五勝四敗で勝ち越しているから、真鍋は早く対局をしたそうだった。

さすがに今日からは復帰しないとだ。

「大丈夫ですよ。ちょっと寝たので今はスッキリしています。あの……本当にすみませんでした」

奏多が店から動かないぞ、という意志を見せたせいか、玲央は「まあいいけど」と、それ以上強くは言ってこなかった。

玲央に悟られないよう、奏多はふーっと、ため息をつく。

野球を辞めたから、勉強に身を入れようとしているものの、想像以上に自分の力のなさに呆れたり落ち込んだりしている。もちろん、付け焼刃の努力で、学問を究められるとは思っていない。だが目標を失って早四ヵ月。これから先、何をすればいいのか奏多はまだ見つけられていない。太一の大学へ行ったとき、何か見つけようと意気込んで絵を描いてみたが、基礎もない状態からでは道のりは遠かった。

だったら楽器でもと思って、友達からギターを借りてみたが、これも特に惹かれなかった。

それならば何か資格でもと思い、簿記検定のテキストを買ってみたが、貸借対照表を見ていたらため息しか出ず、TOEICも一応受けてみたが、大学生の平均よりも下回ってしまった。少しずつ勉強は始めているが、いつそれが実を結ぶかわからない。

今のところ、四ヵ月前から一ミリも前に進んでいない。焦らないで、と玲央に言われても、奏多はやっぱり焦ってしまう。

「以前はテスト明けに練習していたので、このくらい平気なはずなんですけどね」

「身体動かしているのと、じっとしているのでは違うでしょ」

「それはまあ……。寝ちゃったのは、本を読んでいたのもあるかもですけど」

そもそも店にいると、奏多は自分の部屋よりもくつろいだ気分になってしまう。この店の雰囲気は居心地が良すぎるのだ。

玲央が奏多の手元を覗き込む。

「何を読んでいたの？」

「お店に置いてある本です」

奏多が雑誌を差し出すと、玲央は表紙を見て「ああ」とうなずいた。

「眼鏡のフレーム特集ね」

眼鏡のパーツの名称から、選び方や作り方について、初級、中級、上級とわかりやすく説明されている。さらに目を惹くのは、ブランドごとに千本以上のフレームの写真があることだ。

視鮮堂は小さな店だ。店にある眼鏡のフレームは、在庫を含めても五十本もない。

「大学のそばとか、買い物に行ったときとか、眼鏡店の前を通りかかることがあるんですけど、最近気になるんですよね。以前は目が良かったから、自分とは無関係というか、興味がなかったのもあるかもしれませんけど」

「うん、知る前とあとでは違うよね」

「そうなんです！　それに、オシャレでかける人もいるじゃないですか。大学でもたまに見かけるんです。服に合わせて眼鏡を変える人。前はスルーしていたけど、今はそういうのも気になって」

奏多がテンション高く話しているが、玲央は少し微妙な顔をしている。

何かマズいことを言っただろうか？　眼鏡に興味がなかったなどと言ったのが良くなかっただろうか。

不安を覚えると、玲央の手が顔に近づく。フレームを軽くツン、とつつかれた。

「奏多くんにとっては、眼鏡に興味を抱かないままの方が良かったのにね」

その一言で、奏多は玲央の微妙な表情の意味に気づいた。

奏多の場合、徐々に目が悪くなったのではなく、野球の練習中の事故によって、片目の視力が急激に低下してしまった。その事故からまだ一年も経っていない。そして事故がなければ、恐らく奏多は今でも眼鏡の必要がなく、野球を続けていただろう。

「俺は今の生活も楽しいですよ？　そりゃ、野球を続けたかったという気持ちはあります。……未練がましいですけど」

「当然だよ。それだけ奏多くんは野球に対して強い想いがあったってことだから」

「でも、玲央さんが作ってくれた眼鏡が、俺の世界を明るくしてくれたので――って、本当は、まだサッパリわからないんですけどね。ただ、こういうのもちょっと面白くなってきて」

と、奏多は雑誌を指すが、寝ていたのだからバツが悪い。実際のところ、眼鏡に対して興味はあるが、玲央の話のすべてを理解はできていないのが歯がゆかった。

玲央がカウンターの中に戻ると、「おかしいなあ」とつぶやいた。

「探し物ですか?」

「うん、郵便で届いたものがあって」

「もしかして、A4サイズの封筒ですか?」

「どこにあるかわかるの?」

「それなら、台所のテーブルのところに……」

郵便物は先に家に帰ってきた方が、郵便受けから取り出すことになっている。今日は玲央が先に帰ってきていた。ほとんどはダイレクトメールだが、店に関するものは、店内に置き、個人的な郵便物は住居の方へ持っていく。

玲央が探している封筒は、眼鏡、という文字が封筒印字されていたため、本来なら店の方に置いておくものだと思ったが、なぜか台所にあった。

「玲央さん、もしかしてお店に置いてたハサミが見つからなくて、台所の方へ行きましたか?」

玲央は黙ったままだ。これは認めたも同然だ。

「まーた、使いっぱなしにして、決めた場所以外のところに置いたんですか？　この前ハサミをしまう場所、決めましたよね？　使ったらすぐに戻す。そうすれば、次に使うときに探し回らなくて済むんですから」

「はい……」

玲央の場合、仕事道具だけはきちんと片づけるのに、それ以外は大雑把《おおざっぱ》を通り越してだらしない。ハサミなどの文房具類も、持ち歩くカバンも、スマホまでも、よく家の中で探し回っている。仕事はできるのに、日常生活はからっきしだ。

封筒を開けた玲央は、中から冊子を取り出した。パラパラと冊子をめくった玲央は、奏多の前に置いた。

「今回の特集は、奏多くんが見ても楽しいかも」

「ん？　ああ！」

眼鏡の歴史が載っていた。確かに、今の奏多には機能的なことよりも、こっちの方がとっつきやすい印象はある。

初期の眼鏡は、手に持つか鼻の上に乗せるタイプで、今のように耳にひっかけるものではなかったらしい。

「奏多くん、お祖父ちゃんのコレクション、よく見ているでしょ」

「はい、どんな人が使っていたのかと想像すると面白くて。でも今の眼鏡より使いにくそうですよね。鼻の低い人だと、下を向いたらすぐに落ちそうですし」

ふと、玲央を見ると、奏多は自分の発言に疑問を感じた。

「玲央さん、鼻高いですよね」

「そう？」

「そうですよ。何かズルい」

「ズルいって言われても……まあ、祖母の遺伝かな。髪の色とかもね」

「え？」

「祖母がノルウェー系のアメリカ人なんだ。言っていなかった？」

「初耳です」

なるほど、と奏多は腑に落ちた。肌や髪の色素が薄いのは、そのためなのかもしれない。

だから、そこに驚きはしなかったが、四ヵ月以上一緒に暮らしているのに、玲央のプライベートをまったく知らないことを寂しく感じる。いや、面白くなかった。

「僕の顔に、何かついている？」

「いえ別に。なんでもありません」

「僕の持論だけど、別に、をつける人はたいてい、実は納得してないんじゃないかと思うんだよね」

「本当に、何でもありません！」

納得していないのか、玲央は奏多に顔を近づけて、瞳を覗き込んできた。こうされると脳の中まで覗かれて、考えていることを引っ張り出されるような気がして落ち着かなくなる。

「えっと……」

奏多は顔を背けようとしたものの、玲央に両手で頬を押さえられてしまった。ますます玲央の顔が近づく。直視できずに目玉だけキョロキョロと動かして、どうにか視線を合わせないようにした。

「ちょっと、玲央さん！」

「やっぱり調整が必要かな」

ごめんね、の声とともに、耳にかかっていた重さがなくなる。

「え？」

玲央の手には奏多の眼鏡があった。

フレームの歪みを確認しているのか、玲央は片目を閉じて、奏多の眼鏡を上下左右、様々な角度から見ている。ああやっぱり、と呟《つぶや》きながら、カウンターの中に入り、調整作業を始めた。

ハサミはなくすけど、仕事道具の置場は変わらない。慣れた手つきでフレームの微調整をしていた。

作業を終えて戻って来た玲央は、滑らかな仕草で奏多の顔に眼鏡を戻した。

「どうかな？」

眼鏡をぶつけたことも、落としたこともなかったし、普段かけていて、違和感はなかった。だけど、調整を終えてかけなおした眼鏡は、耳にも鼻にも圧を感じず、しっくりときた。

「不思議……」

「毎日かけていれば、少しずつ歪むから、たまには調整した方がいいよ。いつでも言って。奏多くんの眼鏡を直すのは僕の役目だからね」

そう言って玲央は、再びカウンターの中へ戻り、過去のお客さんのカルテをパソコンに入力し始めた。

奏多は玲央から渡された冊子をめくる。広告ページには、色や形のことなるフレームが並んでいて、気になるものがいくつかあった。だが黙って見ていると、また、瞼が下がってくる。

奏多は頭をガンガン振って頬を叩いた。それでも脳がぼんやりして、「ふあ……」と、口からあくびが漏れた。

「——っふ、ふわふわしたフレームなんてないですよね！」

慌てて取り繕《つくろ》うものの、玲央は冷たい視線を奏多に向けていた。

「どうしても寝ないと言うなら、ちょっとお使いに行ってきて。真鍋さんが見えたら、待っててていただくから」

近所のコンビニでお使いを終えた奏多が、店に戻ろうと自転車をこいでいると、突然左の道から人が出てきた。

「うわぁっ！」

「キャーッ！」

ヤバいと思った瞬間、奏多は車道側にハンドルをきってブレーキをかけた。目が悪くなったとはいえ、運動神経には自信がある。幸い、車道に車がいなかったこともあって、奏多は転ばずに自転車を止めることができた。

が、奏多とぶつかりそうになった人は地面に倒れ込んでいる。慌てて駆け寄った。

「大丈夫ですか？」

駅の近くでよく見かける制服を着ている女子高生は、少し顔をしかめながら「平気」と答えた。でも、女子高生の足にも手にも擦り傷がある。頬も少し擦りむいていて、薄っすら血が出ていた。

接触は直前で回避したつもりだったが、奏多は心配になった。

「ゴメン、本当にごめんなさい」

「え？」

「だって、アチコチ怪我して……」

「今は肘《ひじ》を軽く打っただけ」

「肘だけ？　でも……」

きょとん、とした表情をしていた女子高生は、手のひらを顔に近づけると、合点《がてん》がいった様子で「これは、さっきの怪我」と、言った。

「さっき？　今じゃなくて？」

「うん」

奏多に気遣《きづか》っているわけでも、嘘を言っている風でもない。

ただ、傷は本当に今できたばかりのように見える。うっすらと滲《にじ》む血はまだ乾いておらず、鮮やかな色をしていた。

「とりあえず、俺が住んでいるところ、すぐそこだから来ない？」

二軒先の「視鮮堂」を指さす。女子高生の顔に警戒の色が浮かんだ。

「え？　あ！　いや、違うって！　何にもしないから！　じゃなくて、怪我の手当てだけさせてって言ってんの！」

「家族と一緒に住んでいるとか？」

「いや、家族ではないけど、人と一緒。男性」

言葉を重ねるほど怪しさが増す。

「私に近づかないで！」

女子高生が声を張り上げたとき、店のドアが開いて玲央が顔を覗かせた。

玲央の視線が、奏多と少女を二往復する。

散らばったカバンと女子高生の怪我を見て、おおよその事態を把握したのだろう。

店から出てきた玲央は、女子高生の前で膝《ひざ》をついて、手を差し出した。

「傷の消毒だけでもさせてください」

玲央がにっこりと微笑《ほほえ》むと、女子高生は抵抗することなく、「はい」とうなずいていた。


「ちょっと、痛いってば！」

店のソファに座った篠原綾香《しのはらあやか》は、傷に消毒液が触れるたびに叫ぶ。

「ゴメン、ゴメン」

奏多はさっきのことがどうにも引っ掛かっていた。どうして自分だと逃げて、玲央なら良いんだ、と。どっちも成人男性なのに。

どうせ俺は図体ばかりデカくて、威圧感あるよ、と奏多は自虐的になる。

「それで、どうしてそんなに、いろいろ怪我をしているんですか？」

優しく訊ねる玲央に、綾香は笑顔になる。玲央が綾香の目を覗き込んでいるものだから、ポワッと頬を赤くしていた。

綾香の身体には、今転んでできた傷以外にも、ここ最近のものと思われる怪我がいくつもあった。

綾香の説明によると、怪我はここ三日の間にできたもので、どれもぶつかったとか、躓《つまず》いて転んだとか、大きなものはなかった。ただ、数の多さが心配だ。

「そういえば、さっきも周囲をよく見ていなかったよね。あとちょっとで、俺もぶつかるかと思ったよ。車が来ていなかったから良かったものの、場合によっては、擦り傷ですまなかったと思うけど」

「ごめんなさーい」

「いや、謝って欲しくて言っているんじゃなくて……。もしかして、歩きスマホでもしてた？」

大学の中では、そんな光景は日常茶飯事だ。良いことではないが、それが珍しいことでもないことは奏多も知っている。

綾香は「はあ？」と、キレ気味で奏多を睨んだ。

「してないし！」

だったらもっと不思議だ。幼児ならともかく、高校生がただ歩いているだけで、そんなにアチコチぶつかったり、躓いている方が心配になる。

「もしかして、コンタクトレンズを落としましたか？」

これ以上のヒートアップは抑えようと、玲央が話に加わった。

「え？」

「視力、かなり悪いですよね？　店の中に入ってきたときから、何度も目を細めていますし。そして今、コンタクトを入れていない」

玲央は断言するように言い切った。

「うん、中学に入ってからは、ずっとコンタクトを使ってて、裸眼なら〇・一も見えないかな」

〇・一は、視力検査表の上にある、一番大きな、アルファベットのCのような、ランドルト環が基準になる。小さいころから馴染《なじ》みがある形だが、奏多も名称を覚えたのは、この店に住むようになってからだ。

「眼鏡を壊したとか、取られたとか、そういう感じの話？」

真っ先に奏多の頭の中に浮かんだのはイジメ、という言葉だった。それなら、怪我の多さにも納得がいく。

「違うから！」

「でも普通、そこまで目が悪かったら、眼鏡かコンタクトを使わないと、危ないんじゃ……」

言いながら、奏多は同意を求めるように、玲央の方を見た。

「そうですね。慣れた自宅でも、そのくらい見えなければ、危険なはずです。まして、外出はもってのほかかと」

「わかってるって！　でも私、眼鏡が似合わないの！」

「だったら、コンタクトレンズを使えば……」

「使っていたけど、お医者さんに、しばらくダメって言われた」

「急性結膜炎ですか？」

「え、なんで？」

綾香の態度から、どうやら玲央の当たりらしい。

「そういったケースは、珍しくないですから」

「眼鏡屋さんなのに、病気のことも知っているんだ」

「私はオプトメトリストですから」

「なにそれ」

玲央は眼鏡レンズや薬などを処方するだけでなく、視機能の維持、回復させるトレーニングも行う仕事だと説明する。

ただ説明の最中、綾香はあまり興味がなさそうにしていた。

「結膜炎のときは、眼鏡を使った方がいいんじゃないですか?」

奏多は玲央に訊ねたつもりだったが、先に綾香が答える。

「だから、その眼鏡が似合わないから、使っていないの」

綾香がプイっと、顔をそむけた。不貞腐《ふてくさ》れている様子からすると、眼鏡をかけるようにと、すでに散々、指摘されてきたからかもしれない。

「似合わない程度の話で、危ないことしちゃダメだよ。今まで大きな怪我をしなかったのは、ただ運が良かっただけ――」

「似合わない程度って、言わないで!」

「でも実際、危ない目にあっていたし、怪我だってしている」

「こんなの、大したことないから!」

手当てもそこそこに、綾香は席を立った。今にも店を飛び出さんばかりの勢いに、奏多は慌てる。

「ね、ちょっと、危ないから送るよ!」

「どこの誰だかわからない人に、送ってもらう方がずっと危ない」

危機意識がズレているが、確かに間違っていない。

するると、玲央は若干芝居がかった仕草で、胸の前に手を当てた。

「私は視鮮堂の店主の天宮玲央と申します。こちらは同居人の岸谷奏多です。視鮮堂は代々この場所で、眼鏡店を営んでおります。普段は眼科で眼科検査助手として勤務しており、彼は大学に通っていて……」

「ああ、もうわかったから!」

「ありがとうございます」

玲央が、綾香が言った「どこの誰だかわからない人」に関しての説明は、途中で止めなかったらどこまで続くのかと奏多ですら思った。

「車で送るのが一番、安全だと思いますが、あいにく我が家には車はないんですよね」

「いや、車の方が不安だと思うけど……」

どこの誰問題はクリアしても、親しくもない男の車に乗るのは、綾香だって怖いはずだ。

玲央はそのことに気づいていないらしく、「ご近所さんに借りられないかな」などとつぶやいていた。

「ってか、篠原さんの家は遠いの？　この辺を歩いていたってことは、この近くに住んでいるとか？」

「私はもう、本当に大丈夫だから。手当てありがとうございました！」

綾香が立ち上がると、玲央が「無理に勧めたりしませんよ」と言った。

「購入希望でないお客様に、押し付けるようなことはいたしません」

「眼鏡屋なのに？」

「もちろん、今の篠原様の状態であれば、眼鏡をかけた方が良いとは思いますが、だからといって、当店で買ってくださいと言っているわけではありません。眼鏡好きの戯言《ざれごと》だと思って、聞いてくだされば結構です。この店には若い女性好みのフレームは、あまり置いていませんし」

「そうなの？」

綾香がまた、険しい目つきで店内を凝視する。

どうやら目が悪すぎて、漠然としか、店内の様子がわかっていなかったらしい。

「もちろん、カタログからの注文もできますし、必要とあればいつでもご用意いたします。ですが篠原様の場合、すぐにでも使えるものの方がよろしいかと思います」

そもそも、この店で玲央に眼鏡を作ってもらうとなれば、量販店の数倍の金額になる。かなり高価だ。

「目はいつごろ治るの？」

結膜炎がどのくらいの期間で治るかわからない奏多は、綾香に訊ねた。

「もうしばらくコンタクトは使っちゃダメだって言われた。そもそも私、ドライアイだから、お医者さんには眼鏡にした方が良いって言われているけど、似合わないから絶対イヤなの」

「そんなことないと思うけど」

「ううん、すっごく不細工《ぶさいく》。絶対笑われる！」

綾香の顔立ちは、美人に入る類《たぐい》だと思う。肩より少し上で切りそろえられた髪は切れ毛なんて少しもないくらい艶々しているし、色白でニキビ一つない肌も綺麗だ。

「眼鏡美人とかっていう人もいるけど、あれは嘘。目は小さくなるし、眼鏡が変に強調されて顔の印象がぼやけるし、それに動きにくいでしょ。体育とかのとき」

「スポーツ用のものもあるよ。あと、ズレないようにバンドをしても良いし」

「ダサい」

一刀両断だ。野球のために眼鏡を作った奏多からすると、ちょっと悲しい。

でも奏多は、眼鏡をかけた自分の顔は嫌いじゃない。最近は鏡をみたとき、以前よりも自分の顔の一部になったようで、かなり気に入っていた。

「とにかく眼鏡はカッコ悪くて嫌いなの！」

綾香がそう叫んだ瞬間、ピシッと、店内の空気が凍った。が、それに気づいたのは奏多だけだろう。綾香は我関せずとばかりに、他にも眼鏡の嫌いなところをあげていた。

奏多は恐る恐る、横目で玲央の様子をうかがった。

表情の変化はほとんどない。初対面の人が気づくことはまずないだろう。ある程度親しくなっても……例えば、真鍋のような常連でも、恐らくわからないはずだ。

ただ、奏多にはわかる。

玲央の右目の瞼が下がっている。瞬きの回数が増え、口角《こうかく》が下がった。さらに眉間《みけん》にうっすらシワが——どれもごくごくわずかにしか変化しないが、奏多はわりと早いうちから、気づけるようになっていた。

これは間違いなく、綾香の「眼鏡はカッコ悪い」発言のせいだ。

どうしたものかと奏多は悩む。

奏多は眼鏡によって助けられているが、綾香の場合、コンタクトを使えないのはしばらくの間、ということで、そう遠くないうちに、またいつもの生活に戻れるはずだ。この状態では、眼鏡の良さを伝えたところで、綾香の考えが変わるとも思わない。そもそも客ではないのだ。

そう思った奏多は、綾香を近くの駅まで送って、これ以上関わらないことにしようと決める。——が。

「眼鏡は非常に素敵で、人類にとって素晴らしい発明品です」

「は？」

遅かった。玲央のスイッチが入ってしまった。

「考えてみてください。眼鏡を使うのはどんな人ですか？」

「目が悪い人でしょ」

「そうです。多くの人は、見ることによって生活しています。学校で後ろの席になったとき、黒板の文字が見えなければ困りますよね？　階段は？　わずかな段差は？　近づいてくる友人の顔が見えなければ、すれ違ってしまうかもしれません」

「近づけばわかるし」

「では仮に、それが好きな人であったら？」

「はあ？」

「少しでも長く、遠くからでも、その人のことを見ていたいと、思ったりはしませんか？」

その瞬間、綾香は真っ赤になった。思い当たることがあったらしい。

「そればかりではありません。眼鏡をかけずにいると、大切なことを見逃すかもしれませんし、誰かの危険をより早く察知する機会を逃すかもしれません。もちろん、他にも用途はあります。スポーツでも、芸術でも構いませんが、自分の好きなことをしているとき、世界がぼんやりしていたら、もったいないと思いませんか？　それが、眼鏡一つで世界がクリアに見えるのなら、使った方が有益だと思います」

「コンタクトがあるから」

「もちろん、コンタクトの方が優れている部分も多々あります。使い分けということまで否定するつもりはありません」

「じゃあ、それで良いじゃない」

「でも篠原様は、今コンタクトレンズが使えない状況ですよね？」

そうだけど、とつぶやいた綾香の声は、耳を澄まさなければ聞こえないくらい小さかった。

「それに、篠原様は眼鏡がカッコ悪いとおっしゃいましたが、眼鏡に対して他にどんな印象を持たれているのでしょうか？」

「それは……ちょっと、陰キャに見えるっていうか……、顔が隠れるし」

「陰キャですか？」

眼鏡の奥の玲央の目が光る。

あー、さらにヤバいスイッチを押したぞ。奏多は事の成り行きをヒヤヒヤしながら見ていた。

ただ、普段なら極力玲央を止めるが、今日は諦めた。こうなった玲央は止められないし、綾香は少々可哀《かわい》そうだが、これ以上今の状態で外を歩くのは危険すぎるからだ。

「眼鏡に関するイメージとして、頭が良さそう、真面目《まじめ》そう、などといったものがあるのは私も知っていますが、陰キャというのは初耳です。どうしてそう思われるのでしょうか？」

視力の悪い綾香でも見えるくらい、玲央は顔を近づけた。

至近距離であの顔を見ると、奏多はいつも目を逸らしたくなる。見ていたいと思う気持ちと同じくらい、見ているのが恥ずかしくなるような、落ち着かない気分になるからだ。

綾香はどうだろう？　と、様子をうかがう。案の定、顔を赤くしていた。

「む、昔……そう、言っている人がいたから」

「それは、眼鏡をかけているから、陰キャと思われていたのですか？」

「えっと……」

口ごもる綾香は、そのまま黙ってしまった。

さすがに、これ以上は見過ごせなかった。

「玲央さん、ちょっとだけ落ち着きましょう。女子高生にそんなに近づくと、人によっては不審者扱いされますから」

玲央なら心配なさそうだけど、と思ったことは内緒にしておく。女子高生に限らず、どれもこれも「ただし人による」ということは、これまでの経験上知っていた。

奏多は玲央の両肩をつかんで綾香から引き離し、お茶の入ったカップを渡した。

「冷めてるし……」

「新しいのに取り替えるね」

奏多は新しい紅茶を用意して、全員分のカップに注いだ。

一度時間を置いたことで、玲央も落ち着いたらしい。しゅんとした様子で「申し訳ありませんでした」と綾香に向かって頭を下げた。

さっきまでの態度と一変した様子に、綾香は気持ち悪いものを見たような目を、玲央に向けていた。

「あ、気にしないで。玲央さん、眼鏡のことになると、見境ないだけだから」

「むしろ、もっと気持ち悪い」

さすがに奏多も、綾香の意見を否定できなかった。眼鏡店で過ごし、眼鏡を扱う仕事をしている玲央が眼鏡を愛しているのはわかるけど、相手を選んで欲しいとは思う。

「でも、俺も玲央さんと同意見かな。せっかく、眼鏡をかければ見えるんだから、ちゃんと見えた方が良いと思うよ。やっぱり外を歩くときは危険だと思うし、もしかしたら、篠原さんが見えない間に、大切なものを見過ごしてしまうかもしれないから」

眼鏡やコンタクトレンズを使って視力を矯正できるのなら、奏多だってそうしている。

「俺は眼鏡好きだよ。慣れるまでは少し違和感があったけど、今は眼鏡をかけている顔が自分の顔って思うようになったくらいだし。それに、頭よさそうに見えるって言われることもあって、結構嬉しいんだ」

「外見だけでしょ」

綾香は鼻息荒く言い放った。

「でも、君はその外見を気にして、眼鏡をしていないわけでしょ?」

「それは……」

「眼鏡っていろんな種類があるよ。俺もここに来るまでは、気にしてみたことがなかったけど、最近は大学の友達の眼鏡とか、通りかかったお店にある眼鏡とか、見ちゃうんだよね。オシャレが好きなヤツなんて、服に合わせて眼鏡を変えてくるから、何本持っているんだ? って聞いたら、十本以上って答えていたし。あ、ソイツはイケメンで女子からも人気あるよ。一緒に撮った写真もあったと思うけど……見る?」

奏多がスマホを取り出すと、綾香が「いらない!」と、そっぽを向いた。

「ホント、二人ともどうかしてるし。そりゃ、眼鏡屋さんが眼鏡を勧めるのはわかるけど、嫌いな人がいるってこともわかってよ」

「わかるよ」

「嘘!」

「嘘じゃないって。オシャレであることは確かだけど……、眼鏡をかけなくていいなら、その方がいいってこともわかるから」

「奏多くん……」

本当は玲央の前でこれを言うのは気が引ける。玲央のせいではないのに、気を使わせてしまうことがわかっているから。

でも奏多は、綾香に玲央を誤解されたままにはしたくなかった。

奏多は自分の眼鏡を指さした。

「俺はこの眼鏡で救われたんだ」

奏多の話を聞き終えた綾香は、ちょっと困ったような、申し訳ないような表情をしていた。

「別にこれは俺の事情だから、篠原さんがどうってことじゃないし、俺を見て陰キャと思ってもらっても構わないんだけど、まあ、そういうケースもあるってことで、眼鏡に対するイメージが、少しでも変わってくれたらいいなって思ってさ」

「……ごめんなさい」

「だから、俺に謝る必要なんてないって。眼鏡かけても、勉強できそうに見えるって言われただけで、実際はできないから。そのせいで、大学のテストなんて、ほぼ徹夜状態で何とか乗り切ったんだし」

「やっぱり、寝てなかった」

玲央のヒヤリとした声がした。

「さっき、寝たって言っていたのに」

「いや、まったく寝てないわけじゃなくて……ほぼ、ですから。徹夜したとは言っていません」

「ほぼってのは、ほとんど寝てないってのと同義語だよ」

「……あ、はい、ごめんなさい」

奏多がしょぼんと肩を落とすと、突然「アハハー」と、甲高い笑い声が店内に響いた。

「みんなで謝り合戦してて、ヘンなの」

奏多と玲央が目を合わせると、確かに、という雰囲気になった。一度空気が緩んでしまえば、綾香もリラックスしたようだった。

「わかった。私の偏見ってことはわかってます。ただ眼鏡って、似合う、似合わないがあるでしょ？　私は目が小さくなるのが嫌だから、眼鏡はかけたくないの」

綾香がそう言うと、玲央が眉間にシワを寄せた。

「それに関しては、眼鏡の弱いところですね。特に度の強いレンズだと、どうしてもそういう傾向になりますから。対処方法がないわけではありませんが」

「あるの？」

「レンズの小さいフレームや、横幅の狭いもの、フレームの色が濃いものを選ぶと、かなり緩和されるかと」

「百パーセント？」

「それは……どうしてもレンズが入るので、何もない状態と比べると……」

奏多が「あ、そうか」と口を挟んだ。

「それなら、違和感を感じさせないことはできるってことか。連絡しとこう」

「突然どうしたんですか？」

「この前、太一と似たような話になって」

奏多はこの前太一から、レンズ越しに見る輪郭のズレを気にしている友人がいて、その違和感を少なくできないものか、玲央に聞いておいて欲しいというメッセージが来ていた。それが試験期間中のことで、すっかり忘れていた。

太一は、玲央に作ってもらった眼鏡がいたく気に入ったらしく、大学でも眼鏡の話をしているらしい。

「美大生たちだから、フレームのデザインを際立たせてしまえばいいんじゃないかって話にもなったみたいですけど」

「相手の視線をどこに向けるか、というのは面白い発想かも。ただ、そこまでいくと、本当にファッションに近くなるから、僕の専門からは外れてしまうけど」

「完全に見た目に振った、フレームってことですよね」

「うん。そこに機能性ということを付けくわえると、制約が入るから、普段使いに向くかは、ちょっとわからないけどね」

玲央と奏多の二人は、互いに腕を組んで、うーんと唸《うな》る。

そういえば、さっき奏多が見ていた雑誌は、眼鏡のフレームを特集したものだった。あの中には、番外編的な位置づけとして、遊び心満載の、デザイン性の高いフレームもあった。

「そうか。フレームの太さや色で印象を変えていくのは面白いかも。縦縞《たてじま》のストライプの服の方が痩《や》せて見えるとか、濃い色の服の方が引き締まって見えるとか、そういうこともあるし」

「眼鏡を強調なんてしたら、かえって目立つから私は嫌」

黙っていた綾香が口をはさんだ。

「でも、洋服の一部だと思えば楽しくない？」

「起きている時間、一番着ているのが制服の女子高生に、奇抜な眼鏡が似合うと思う？」

「だったら、制服に似合う眼鏡は？」

「それだと勉強しかしてませーん、みたいな感じになりそう」

綾香の手ごわい攻めに、奏多も玲央も押され気味だ。

それでも必死に抵抗する。

「別に、制服だからって無難なデザインにしなくても良いんじゃない？　それに、アクセサリーは校則違反で没収されるかもしれないけど、眼鏡なら多少派手でも、かけていないと黒板の文字も見えないのなら、先生も取り上げるわけにはいかないでしょ」

「それはそう！」

この店に来てから初めて、綾香は奏多たちの話に賛同した。

「先生ってば、自分はネックレスやピアスをつけているのに、うちらにはダメっていうんだもの。もちろん化粧も」

「俺がいたところもそうだったよ。男子もだけど、女子は特に、先生に注意されていたかなあ。カレシからもらったっていう指輪をどうしても外したくなくて、絆創膏《ばんそうこう》を貼って誤魔化《ごまか》していたクラスメートもいたし」

綾香の周囲にもいるのか、うんうんとうなずいていた。

「眼鏡なら校則に引っ掛からないのは良いけど……」

あの手この手で説得してみるものの、綾香は頑《かたく》なだ。やっぱり見た目が一番、そういう思いが強いらしい。

玲央が小さく咳《せき》ばらいをした。

「見た目を気にするなら、なおさら眼鏡をかけた方が良いと思います」

「やっぱり、セールスしてくる」

「そうではなく、先ほどから様子をうかがっていると、何度も目を細めていますよね？」

「それが？」

「確かに、目を細めるとカメラのピントを合わせるように、見えやすくはなります。ですがそれを繰り返していると、瞼のたるみや皺を作る原因になるかもしれません」

「嘘！」

「鏡をお持ちしましょうか？　もしかしたら、お若いとはいえ、これまでの行動で影響がないとは言えないかもしれませんから」

玲央は綾香の返事を待たずにソファから立ち上がる。店内にある、銀色に縁どられた、楕円形《だえんけい》の卓上鏡を持ってきた。

鏡に顔を近づけた綾香は、真剣な表情で目元をチェックしている。

将来的にはともかく、十代の綾香にすぐ変化が表れるとは思わない。玲央の言い方も曖昧だし、ただの脅しだろう。

「それに医師から許可がおりて、再度コンタクトレンズを使用したとしても、眼鏡は持っておいて損はないはずです。コンタクトレンズは正しく使えば非常に有用なものですが、長時間、さらに長期間の使用は、それなりに目に負担を与えますから。自宅で過ごすときなど、人に会わない場合は、眼鏡を使うのは良いと思いますよ。ドライアイならなおさら。手入れもコンタクトレンズより容易ですし」

うー、と唸った綾香が言い返すことはなかった。

奏多の周りでも、コンタクトを使っている人は多い。パソコンで作業しているときなどは、瞬きの回数が少なくなるらしく「あー、目が乾く」と、目薬を注す人も少なくなかった。

「だいたいさ、見た目を気にするなら、すっころんで顔に傷でも作ったら、もっとヤバいんじゃないの？」

これには綾香も思うところがあったのか黙っている。

「俺も玲央さんも、この店での購入を勧めているわけじゃないから。手ごろな値段で、パッと買えるお店もあるでしょ。そういうところでいいから、危なくないようにした方が良いってだけだよ」

「そうです。眼鏡は篠原様の見える世界を美しくします」

二人からのダメ押しに、綾香は苦いものを食べたような表情をしながら、玲央の顔をまじまじと見ていた。

「どうかした？」

「……別に。眼鏡、眼鏡って二人は言うけど、私、鼻が低くて、ずり落ちるの」

玲央がまた立ち上がり、三本ほどフレームを持ってきて、テーブルの上に置いた。

右から、プラスチック製のセルフレーム、中央がメタルフレーム、左がフチなしのフレームだ。

「いろいろなタイプがありますが、鼻当てがフレームと一体型だと、調整ができないので、顔の形によってはずり落ちるかもしれません。あと、顔の幅や、耳までの距離なども正確に合わせていくと、ズレにくくなると思います」

「何だか面倒」

「でも、コンタクトレンズも視力だけでなく、カーブやメーカー、交換頻度やメンテナンスなど、考えることは多いですよね？　眼鏡の場合、コンタクトと違い、目に直接触れるわけではないので、ストレスは少ないかと思いますよ」

綾香が「そうかなあ……」と首を捻《ひね》った。

あれ？　と奏多は疑問を覚えた。だがそれが何なのか、自分でもわからなかった。

玲央は心なしかほほ笑むように口元を緩ませて、綾香に顔を近づける。

「どちらにせよ、早いうちに、眼鏡を用意されることをお勧めします」

綾香を迎えに来た母親は、眼鏡を拒否する娘にほとほと手を焼いていたらしい。せっかくだから、と母親は視鮮堂で眼鏡を作ろうとしたが、肝心の綾香は「安いので良いから」と、さっさと店を出て行った。

母娘が出て行ったドアの方を見ながら、奏多はため息をついた。

「あの様子じゃあ、眼鏡作らないかもしれませんね」

「そうだね。親御さんは、我々と同じ意見だったみたいだけど」

「そりゃそうですよ。危険すぎます」

「ただ結局のところ、高校生ともなれば、本人の意思になってしまうから、これ以上は周りがつついても難しいんじゃないかな」

「そうですけど……。それにしても不思議なくらい、自分は眼鏡が似合わないと思い込んでいたけど、かけてみれば、絶対可愛いと思うんですよね」

奏多と同じことを思っていたらしく、玲央もうなずく。

「これは想像だけど、以前、友達かクラスメートに、何か言われたのかもしれないね」

「何かって？」

「容姿をけなされたとか、からかわれたとか。中学生くらいになると眼鏡を使い始めるけど、小学生くらいだと、まだそんなにいないから、どうしても目立つじゃない。そうなると、心無い言葉をかける子もいるかもしれないし。僕の想像だけど」

「いえ、ちょっと納得しました。俺の小学校でも、眼鏡をかけていた同級生が、からかわれたことはありましたから」

さっき、玲央が目の検査の話をしたとき、綾香は「そうかなあ」と言った。何となくその言葉に、実感がこもっているような気がした。つまり一度は経験しているということだ。嫌な経験をしたとなれば、拒む気持ちもわからなくはない。

「あのくらいの年代は、周囲の目が気になる気持ちはわからなくはないけど、やっぱり心配だよね」

「ですね。でも絶対、篠原さんは眼鏡が似合うと思いますよ。子どものころと顔だって変わっているはずですし、試せば気に入るのがあると思うし」

「うん。僕もそう思う」

「太一にデザインの相談とか、してみれば良いのかな……」

玲央が小さく首を捻った。

「それはどうだろう。もちろん、絵の技術はあるだろうけど、眼鏡のような製品のデザインは、また専攻する分野が異なるはずだよ」

確かに、太一は油絵が専門だ。普段描いている絵も、デザインとは異なる。

「それにフルオーダーとなると、値段が高くなるしね。材質にもよるけど、安くても五万円では難しいだろうから」

「えー？」

「高いものになれば、十万円は余裕で超えるよ。オーダーでなくても、金や宝石を使ったものなんかは、車が買えるくらいになるし」

眼鏡は安い物なら五千円くらいから買える。しかもレンズ代込みだ。それが十万円を超え……さらに桁《けた》が変わるくらいとなると、一般的には手が出ないだろう。

「あ、でも、俺の眼鏡も結構な値段だった気が」

「そうだね。でも奏多くんの場合は、フレームよりレンズの方が高かったかな」

玲央の口ぶりだと、フレームも安くはないことがわかる。

奏多は両手でそっと、眼鏡を持ち上げて鼻当ての位置を上げた。

「眼鏡って、奥が深いですね」

「うん、オシャレの一部でもあるけど、目の補助をする道具でもあるから。だから僕としては、オシャレであっても、見えにくいモノはちょっと違うと思っている」

そうなると眼鏡のデザインは、レンズを入れて実際に使用するときまで考慮しなければならないということになる。

「だとすると、フレームをカスタマイズすることで対応になるのかなあ。そういうことってできますか？」

「できるかどうかという意味ではできるけど、大幅にデザインを変更したら、もともとのフレームの形を崩してしまうから、すべての要求に対応することは難しいかな。どうしてもこだわるというのなら、さっきも言った通り、オーダーすればいいだけの話だし。……ちょっと待ってて」

そう言うと、玲央がソファから立ち、カウンターの中へ入った。

店内で使う筆記用具が入った引き出しを開けたと思ったら「違う」と言い、書類が入っている棚を一つずつ開けて、中の物を散らかしている。

「玲央さーん、何を探しているんですか」

棚の引き出しも、中途半端に開いたままだ。なぜか、いま絶対必要のない分厚い国語辞典も出している。

また、奏多が片づけなければならない。

しばらくして、玲央は奏多のところへ戻って来て、テーブルの上にリーフレットを置いた。

棚の周辺は、一気に空き巣が入ったかのように荒れてしまった。奏多は小さくため息をついた。

「オーダーフレームを希望する人向けの案内。お店によって対応は異なるかもしれないけど、カラー写真もあってわかりやすいよ」

棚の方が気になりつつも、奏多は諦めてリーフレットを開いた。

「視鮮堂ではやれないんですか？」

「仲介することはできるけど、ここで一から製作するのは難しいね。そこまでの設備がないから。修理はできるけど、デザインから一貫してとなると、僕も未経験だし。興味はあるけど」

「そうですか……」

ちょっと残念だな、と思った。もしここでそれができるなら、奏多も少しやってみたいと思ったからだ。

奏多は何もできない自分がここにいることに引け目を感じている。もちろん、そう弱音を吐いたら、玲央はきっと、片づけが苦手な自分の代わりに、店や住居を綺麗にして、玲央の祖父の仲間と将棋を指していると言うだろう。

だけどそれは「奏多でなくてもできること」だ。

視線を感じて顔を上げると、玲央と目が合う。何かを訊ねたいのか、唇が動きかけたが、その口から言葉が出ることはなかった。

オーダーフレームのリーフレットには、都内ではない住所が書かれている。

「こういうのは、都内にはないんですか？」

「あるよ。デザインを請け負って、製作は外注するケースもあるし、すべてを自社で行うところもある。ただ、国内での眼鏡の産地となると、東京ではなく鯖江《さばえ》になるかな」

「鯖江って……」

まさにリーフレットの案内が福井《ふくい》県鯖江市となっていた。

「安価なフレームは、基本国外で作られたものだけど、国内の産地で有名なのは鯖江だね」

「へー……」

福井県は、奏多の生まれ育った新潟県と同じく日本海に面している。とはいえ、福井には一度も行ったことはない。一応、同じ北陸地方ではあるが、かなり距離があるのと、交通のアクセスを考えると、あまり行きやすい場所ではないからだ。

「どうして、福井で眼鏡を作るんですかね？」

「ん？」

「農作物とかなら、気候とか地形とか、何となくイメージが浮かびますけど、眼鏡の材料が産出されるとかってこともなさそうだし、どうしてかなって」

「そう言われると確かに……」

玲央もそこまでは知らないらしく、タブレットを持ってきて、検索を始めた。

その間、奏多はオーダーフレームのリーフレットに、再び目を落とす。

自分の顔にぴったりのフレームを作ったら、綾香のような人にも喜んでかけてもらえるだろうか。

都内にも店があるというのなら、そういう場所を勧めてみるのもありかもしれない。ただ、価格の問題がある。そうなると、結局眼鏡をかけないかもしれない。でも気に入ったデザインなら……と、延々思考がループする。

「そういえば、奏多くん」

「はーい」

玲央の呼びかけに、生返事で答える。

奏多の頭の中は、どうすれば綾香のような人にも、眼鏡を楽しんでもらえるかでいっぱいになっていた。

「大学のテストが今日までだったなら、後期も今日で終わったということ？」

脈絡のない質問に、奏多は現実に引き戻された。

「まあ、一応」

「一応？　特別履修でもあるの？」

「いえ……」

今回は全部で六科目のテストを受けたが、五科目までは何とかなったと思う。ただ、最終日の今日受けたテストは、手ごたえがなかった。とりあえず解答欄は埋めたが、運が良ければ……といったところだ。

「このあと大学に行くか行かないかは、追試験がなければ、みたいな……」

「その結果はいつわかるの？」

「えーっと、再来週だったと思います」

「だったらしばらく時間があるね。それともバイトを入れた？」

「申し込みましたけど、応募者が多かったらしくて俺は外れて。これから、すぐに入れそうなのを探すつもりです」

学校がなく、眼鏡店も毎日開店しているわけではない。家事をするにしても、時間を持て余すことは明らかだ。

都内のイベント関係のバイトなら、毎日何かしら募集がある。外仕事はこの時期辛いが、贅沢《ぜいたく》は言っていられなかった。

「もちろん将棋の相手も、できる限りしますから。……あ！　そういえば真鍋さん、いらしてないですよね？」

玲央がポンっと、手を打った。

「篠原様の件で忘れていたけど、奏多くんがお使いに行っている間にいらして、今日の対戦は後日とのことで」

「何か急用でも？」

「うん。遠方の親戚にご不幸があったから、これから行くって。長く入院されていたご高齢の方のようだから、ある程度覚悟はしていたと言っていたけど」

「そうですか……」

「ということで、明日からの予定は特にない？」

「え？　ええ、今のところはこれと言って……。あ！　でも、ちょっとサボっていた、台所の掃除をしようかと」

「そんなのは、一日、二日、遅くなっても構わないよね？」

「それは、まあ……」

「じゃあ、一緒に出かけよう。そうと決まれば……」

玲央が散らかした場所からカバンを探り出し、財布やスマホを入れていく。急に慌て始めた。

「出かけるって、どこにですか？」

「ゴメン。とりあえず、面会時間のうちに、お祖父ちゃんのところに行って来るから、話はあとで」

そう言うと玲央は、奏多の疑問を置き去りにして、店を出て行った。

※

高齢者に高脂肪のお菓子を渡すのもどうかと思いつつ、玲央はたっぷりとクリームが詰まったシュークリームを祖父の前に差し出した。

「このお店のシュークリーム、美味しいらしいよ。結構有名みたい」

病院の食事は残すこともある、と看護師から聞いた。だが袋からシュークリームを出した祖父の目は、少しキラキラしている。甘いものには目がないのだ。

「知っている。テレビで見て、食べてみたかったんだ」

「意外とミーハーだよね」

「悪いか。それにしても、話題の店など興味のなさそうな玲央が、よく知っていたな」

「大学生に教えてもらったんだ」

なるほど、と言った祖父は、クリームに顔を突っ込むつもりなのかと思うくらいの勢いで食べ始めた。

奏多を家に住まわすことについては、もちろん祖父の了承を得ている。

「上手くやっているのか?」

「うん……僕はそう思っている」

ただ奏多がどう思っているかは少々不安ではある。

強引に同居させてしまったかもしれないと、玲央は思っていたからだ。それでも、野球も大学も辞めて、地元へ帰ると言われたら、放っておけなかった。

「楽しいよ」

「玲央が人と暮らすのを楽しい、か。中学、高校の修学旅行でさえ、面倒くさそうだったのにな」

「そんなこと……今が楽しいのは本当だよ」

「店はどうなんだ?」

「ボチボチってところかな。まあ、まだ眼科の仕事もしているし」

「向こうの会社にも、籍を残しているんだろう? 帰らなくていいのか?」

「そんな、追い返すようなことしないで」

祖父が玲央を気遣っているのはわかっている。だが、玲央は祖父と一緒にいたい。

約四ヵ月前、祖父は都内の病院に入院した。八十五歳という年齢にしては元気でずっと働いていたが、病気が発覚し、長期に入院が必要になった。

玲央にとって祖父は唯一の家族であり、祖父にとっても今血縁者と呼べるのは玲央だけだろう。祖母は玲央が二歳のころに病死、祖父にとっての娘、玲央の母親は、玲央が三歳のときに事故死している。祖父には三歳上に兄がいたが、昨年病死した。だから玲央は、連絡を受けた五日後には帰国した。

大学からはアメリカに渡ったが、四分の一は自分のルーツである国を見たいという理由が一番大きかったかもしれない。卒業後も現地で就職したのは、日本よりもより専門的な仕事ができる環境があったからだ。

帰国中は仕事をする予定ではなかったが、知り合いの眼科から頼まれて働いている。そこに奏多が患者として訪れたのが最初の縁だ。

「眼科の仕事だけで充分だろう」

「お祖父ちゃんの店だから、やるなというなら、やらないよ」

「そんなことは言わないさ。ただ経営的には厳しいぞ」

「わかってる。でも、とりあえずやってみたいんだ」

そうか、と言った祖父は相変わらずシュークリームにかぶりついている。

「向こうの仕事に戻りたくなったら、俺のことは放って帰って構わないんだからな」

「入院中のお祖父ちゃんを置いては行けないよ。そんなことをしたら心配で心配で、仕事が手につかなくなるから。三十分ごとにメール送って、返信がなければ大騒ぎするけど、それでも良い？」

様子を想像したのか、祖父はうんざりとした表情で口を曲げた。

「勘弁だな……」

玲央は冗談めかして言ったが、祖父が心配なのは本当だ。

「職場には休職の了承は得ているから心配いらないよ」

祖父にカップを渡す。さすがに甘かったのか、一気にお茶を飲みほした。

「それにしても、どうしてその大学生を助けてやったんだ？」

玲央は病院の大きなガラス窓から空を眺めた。冬の空は、水に絵の具を溶かしたように澄んでいる。でもあの……灼熱《しゃくねつ》の夏に見た空はもっと濃い青が広がっていた。

五年前の夏、玲央は一時帰国していた。アメリカで働き始めたものの、コミュニケーションの面から思うように仕事ができず、落ち込んでいた。日本に戻ろうか。そう思う一方で、せっかく留学してまで取った資格だ。一人前になる前に就業の地を移してもいいものかとも悩んでいた。

そんな悩みを抱えながら玲央は、祖父とともにテレビを見ていた。全国高等学校野球選手権大会――夏の甲子園だ。

試合中、守備と攻撃の選手が接触し、二人が倒れるシーンがあった。こめかみから血を流しながらも先に立ちあがったのは内野手の方。怪我の位置を見た瞬間にハッとした。帰国直前、客ともめて殴られそうになり、玲央も同じ場所に怪我をしたからだ。スロー映像では、走者のプレーに問題がありそうだが、内野手は自分が怪我をしているにもかかわらず、相手のことを気遣っていた。一度は手当てのために引っ込んだもののすぐにグラウンドに戻り、周囲に心配かけまいとしているのか、笑顔でプレーしていた。少年の優しい目と、輝くような笑顔が印象的だった。

玲央の怪我は、殴られたものではない。殴られまいとよけたら転倒し、近くの棚にぶつけてしまっただけだ。かすり傷程度の怪我は、休暇を終えてアメリカに戻るころにはすっかり治った。

あのときの選手が奏多だと気づいたのは、最初に眼科で検査をしたときだった。検査用の眼鏡のレンズを入れ替えていたとき、傷に目が留まった。近づかなければわからない程度の傷跡だったが、カルテの名前と、昔の雑誌を見て確信した。

高校生の笑顔に勝手に救われ、勝手に恩を感じ、勝手に返したいと思っただけだ。

「向こうは気づいていないだろうけど……」

あのとき、奏多のプレーを見ていなければ、玲央は経験を積む前にアメリカから帰ってきていたかもしれない。そのくらい落ち込んでいた。

もしあのとき帰ってきていたら、今は何をしているのか。

口の周りにクリームをつけている祖父は、不可解そうな顔をしているものの、それ以上は聞いてこなかった。

その優しさに感謝しつつ、玲央は祖父にティッシュを渡す。

「食事の前だから、一つにしておきなよ」

「美味《うま》そうなのを持ってきて、それを言うか」

「お祖父ちゃんにはまだ何も返せてないから、元気になって欲しいんだ」

そう言って玲央は、もう一度窓から空を眺めた。

※

奏多が福井に着いたのは午前十時より少し前。六時過ぎの新幹線に乗り、途中、在来線を乗り継いで約三時間かかった。家を出たときは澄み切った青空が、今すぐにでも雨か雪が降りだしそうな空模様に変化している。日本海側特有の冬のグレーの空は気分が沈む。東京よりも空気が乾燥していないから、気温は低いはずだが、そこまで寒さは感じなかった。

玲央が残念そうな顔で、空を見上げている。

「雪が見たかったな」

「見たいですか？」

「そりゃ、奏多くんは見慣れているだろうけど、今年は東京も積もるほどは降っていないから、少し期待していたんだ」

「言うほど、俺の家がある所は、積もりませんけどね」

「新潟基準でしょ？　どうせ雪国の人は、東京で雪が積もって電車が停まると、笑っているクセに」

どうして玲央が卑屈になっているのかと思ったら、東北出身の知り合いに揶揄《からか》われたことがあるらしい。その気持ちは、ちょっとわからなくはない。奏多も高校で関東に来たとき、同じように感じたからだ。

「それより、これから鯖江に行くんですよね？」

「それは明日」

「だったら、どうして今日来たんですか？」

「日帰りをするにはちょっと遠いし。せっかく時間かけて来たなら、少しは楽しもうと思って」

「えー……」

不満ではない。電車は嫌いじゃないし、久しぶりの遠出はワクワクもする。

ただ、奏多は自分が来る必要はないんじゃ……と思っていた。

「たまには良いでしょ。ずっと勉強していたんだから、息抜きするのも」

「勉強に関しては、ずっと言われると心苦しいです。まともにしたのは、テストの少し前からですから」

「それで良いじゃない。いきなり、何もかも頑張るのは無理だよ」

玲央が奏多を励まそうとしてくれているのはわかっている。でも、慰められるのも、モヤモヤする。叱ってもらえる方が、まだいいような気がするのだ。

「正直なところ、勉強のために進学したわけじゃなかったので、そこまで興味が持てないんですけどね」

「そういう人は、それなりにいるでしょ」

「まあ……運動部に推薦で入学する人の場合、目的が部活ってケースは珍しくはないですけど」

でも今は、その「目的」を失ってしまったから、新たな目的を見つけなければと迷走している。

「とりあえず、せっかく福井に来たんだから、名所でも行ってみようよ」

そう言うと、玲央はスタスタと駅を出て、駅前の通路を歩き始めた。

キャリーケースを引いているのに、玲央の足は速い。ショルダーバッグを肩にかけなおした奏多は、あとを追った。

「兼六園《けんろくえん》？」

「それは石川《いしかわ》だね」

「じゃあ越前《えちぜん》ガニ？」

「それは名産だけど、名所じゃないよ。そうじゃなくて、ホラあそこ」

それまでやや早足で歩いていた玲央が突然立ち止まり、右手の人差し指を斜め上方向に向けた。

「ん？」

奏多がその指の先を目で追うと……。

「あ！　恐竜。SNSで見たことがあります。でも、どうして福井で恐竜なんですか？」

「福井に生息していたってことらしいよ。フクイラプトルと、フクイサウルスと、フクイティタンが」

「いや、名前を聞いても、どれがどれだかわかりませんけど」

「それは僕も」

二人で恐竜の前まで行くと、しっかりどれがどの恐竜なのかの説明書きがあった。

巨大なモニュメントは、現代に突然迷いこんでしまった恐竜に見える。昔は緑にあふれたこの地を走り回っていたのだと思うと、奏多は少し悲しさを感じた。

「お前らも大変だな……」

「ほらほら、そんなところで黄昏《たそが》れていないで、せっかくだから写真撮ろうよ」

「じゃあ、玲央さん恐竜の前に立ってください。俺、撮りますから」

「一緒に写れば良いじゃない」

玲央が自撮りするために腕を伸ばして、二人一緒にフレームに入れようとしている。

「ああ、恐竜が大きすぎて、上手く入らない」

「だから、俺が撮りますって」

「もう少し近づけば大丈夫だよ」

奏多がえーっと思っていたら、焦れたのか玲央が顔を寄せてきた。

道行く人が、チラチラ見ている気がする。

小さな子どもならともかく、大人が二人で、恐竜の前で写真なんて……。

「奏多くんいい？　撮るよ」

気恥ずかしい。でも、嫌ではなかった。

翌朝、鯖江市に到着すると、玲央は迷う素振りもなく歩き始めた。

福井県の鯖江市が眼鏡のフレームの産地ということは、玲央から聞いていたが、それ以上は何もわからない。ただ歩いていると、そこかしこに眼鏡を模した物がある。歩道に置かれたベンチや、足元のタイル、車止めまで眼鏡をかけている。看板もモニュメントも、とにかくいたるところに、眼鏡が存在感を示していた。

「もともと鯖江は戦前から眼鏡のフレームを作っていたんだけど、今は国内で生産されるフレームの九割以上が、ここで作られているんだって」

玲央が歩きながら、眼鏡型のベンチにスマホのカメラを向ける。一瞬止まって撮影すると、すぐに眼鏡型の看板も写真に撮っていた。

「へー、じゃあ、視鮮堂に置いてあるフレームも、ほとんどがここで作られたものなんですね」

奏多が無邪気に訊ねると、玲央はスッと視線を逸らした。

「この街でこれを口にするのは大変申し訳ないんだけど、ほとんどではないよ」

「え？　でも九割以上作っているんですよね？」

「うん、国内生産のね。でも今、外国製も多いから。洋服だってそうでしょ？」

「あー……はい」

なるほど、そういうことか、と奏多は納得した。

奏多の服のほとんど……というか、持っている服のすべてが外国製だろう。国内製品が嫌なわけではない。ただ、値段で手が出せない。

「ってことは、眼鏡もやっぱり国産のものは高いんですね」

「そうだね。まあ、外国製品のすべてが安いわけじゃないけど、手の届きやすい価格のものはほとんどそうなるね。ハイブランドの物になると違うけど」

「そこも洋服と同じなんですね……」

奏多には一生、縁のなさそうなハイブランドを思い浮かべる。無地のTシャツでも、桁が一つ違うなんてことも珍しくない。ブランド好きの友達に言わせると、生地や縫製《ほうせい》が違うらしいが、奏多にはそれを見極める目はない。

「洋服と眼鏡で違うとすれば、眼鏡の方が宝飾品に近い感じかな。時計と同じ感じだとイメージすれば、わかりやすいかもしれない。さすがに時計ほどじゃないけどね。時計だと、車どころか、家だって買えるくらいの値段のものもあるから」

「そんな高いモノ着けていたら、俺は落ちつかないです」

「多くの人はそうだろうね。視鮮堂の場合、そういった超高額な商品は扱わないけど、見る分には面白いと思うよ」

具体的な数字を聞くと、高い眼鏡は百万を超え、時計になると億になるというから、やはり奏多には縁遠い。玲央もそのあたりになると、実用性からは程遠く、あまり興味は示していなかった。

駅から十分ほど歩くと目的の場所に到着した。とはいえ少し前から、奏多にも玲央がどこへ向かっているのかはわかっていた。

東京と比べてあまり高層の建物が少ない場所でひときわ目立つビルは、一番上に巨大な眼鏡のフレームが掲げられていたからだ。

が、この建物の中に何があるのか、そして玲央が何をしに来たのかはよくわかっていない。何度か訊ねたが、「着けばわかるよ」としか教えてもらえなかった。

『めがね会館』と書かれたエントランスをくぐると、玲央は受付の人に何か訊ねている。ちょっとしたグッズなどが売られているコーナーが奏多の目に入った。

「すげ、やっぱり眼鏡だらけだ」

眼鏡をモチーフにしたキーホルダーもあった。

「お待たせ。行くよ」

通路を抜けて広い空間に入ると、眼鏡のフレームが目に飛び込んできた。

「うわあ……」

眼鏡フレームのショールームといったところだろうか。視鮮堂で扱う数倍……いや、十数倍の数のフレームが置かれていた。

「もしかして、仕入れですか?」

「ここは小売りだから違うよ。ああ、博物館もあるけど、予約の時間があるからそれはあとで。ちょっと待ってて」

「はあ……」

玲央はカウンターへ行き、お店の人と話し始めた。

待っている間、奏多はパッと目に入った一本を手に取った。

フロントはシンプルな形なのに、サイドの細長い方は、繊細なレース編みのような、細い金属を編み込んだような形になっている。視鮮堂では見たことがない商品だ。

「可愛い形だなあ」

「レディースだからね。ここはあとで見るから、とりあえず、奏多くんも参加して良いって。一緒にやろう」

「何を、ですか?」

いまだに奏多は玲央が何をしに来たのかわかっていない。

「眼鏡を作るの」

「は?」

施設では眼鏡の博物館やショップの他に、事前に予約をすれば、一般の人が眼鏡のフレームづくりを体験することができるとのことだった。

「本当は知人に誘われていたんだ。ただ、誘ってくれた人が、急遽都合が悪くなってね。だったら、奏多くんと行きたいなって。無理だったら見学だけでもさせてもらえないかと思っていたんだけど、ラッキーだったね」

「えっと……いや、でも俺、眼鏡なんて作れませんよ！」

「そんなの僕だって作ったことないよ。それにここは、一般のお客さんの体験施設だから大丈夫」

「だけど俺、不器用ですし」

「平気だって。さ、始めよう」

玲央らしからぬ強引さに押されて、結局奏多もよくわからないまま、眼鏡作りをすることになった。

最初は顔の計測。自分の右目と左目の距離や、耳までの長さなどを測ってもらう。確かに、人によって顔の大きさや形は違うのに、すでに出来上がったものを使うのは無理があるかもしれない。

サイズの測定が終わると、場所を変えて今度は作業場の方へ移動した。何やらゴツイ機械を見つけると、玲央の目がキラキラする。

「あの、玲央さん」

奏多は後ろから、小声で玲央に声をかけた。

「何？」

「俺、本当に眼鏡を作るんですか？」

「まだそんなこと言ってるの？」

聞いたところによると、この体験講座には安くない……というか、全国チェーンのお手頃な価格帯の眼鏡なら、レンズ込みで二本買っても余裕でお釣りがくるくらいの金額を払ったらしい。当然のように、玲央はそのお金も自分が出すから、奏多にはただ、楽しんで欲しいと言う。

「あのね奏多くん。考えるよりまずはやってみようよ」

「え？」

「奏多くんはこれまで、野球以外のことはあまり積極的にやってこなかったんでしょう？まずはその一歩と思ってさ。これは楽しむためのイベントだよ？」

それでも奏多が渋ると、玲央は「もうキャンセル期限が過ぎてたから、奏多くんが参加してくれた方が無駄にならないんだよ」と言った。

そこまで言われたら、躊躇《ちゅうちょ》する理由はなくなった。

もともと奏多は、頭で考えるよりも、動きながら先を見ていく方が得意なタイプだ。これまでだって、トライアンドエラーを繰り返しながら進んできたつもりだ。

「じゃあ、遠慮なく」

これが何のためになるのかなんて考える必要はない。まずはやってみよう。そう思った。


デザインを選んだら、材料——生地を選ぶ。今回作るのはプラスチックのフレームだ。アセテート製の板は、縦八センチ、横二十センチ程度で厚みは一センチもなく、色や柄が百種類以上ある。黒や茶の無地のものから、ドットやチェック、ヒョウ柄といった個性の強いものもあって、なかなか決められなかった。

「フロントとテンプルの柄を変えるのも面白いよね」

フロントはフレームの前部分のこと。テンプルは丁番《ちょうばん》から耳にかける部分までのことを指す。

玲央は遊び心の強いものを作ろうとしているのか、かなり攻めた柄を探していた。

「普段使うことを考えると、無地かなあ……」

奏多の場合、まだ眼鏡は一つしかない。野球のためにと思って作ったところもあるため、カジュアルな服はともかく、余所《よそ》行きの格好をした場合には、似合わないような気もしていた。

「細めの黒にしようかな」

「無難過ぎない？」

「でもそれなら、スーツのときでも使えるかなって」

「もしかして……就活用？」

「はい。三年になると必要になると思うので。早い奴は、もうインターンシップに行き始めていますし」

玲央は顎に手を当てて、んー……と、声を漏らした。

「まあ、今奏多くんが使っているのは、確かにスーツには合わないよね。でもせっかくだから、今日は好きなものを選んだら？　就活用は、あとで考えることにして」

本音は、そうしたい気持ちもある。だけど現実問題、スーツに似合う眼鏡は必要になる。それもそう遠くないうちに。

「僕が用意する」

「え？」

「きっとスーツを着た奏多くんは、メタルフレームの方が似合うと思うんだ。ちょうど似合いそうなのが、視鮮堂にあるから帰ったらかけてみて」

「いや、でも……」

視鮮堂の眼鏡は、奏多には手が届くものではない。

住まわせてもらって、よその店で買うのはどうかと思うが、学費を親に頼っているのに、仮にバイト代を貯めたとしても、買うのはためらう金額だ。

玲央が、はあ、とため息をついた。

「奏多くんからお金を貰うわけないでしょ」

奏多が口にしなかったことを、玲央は気づいていたらしい。

「そんなの、就活が始まるころに用意するつもりだったから。奏多くんは、その眼鏡しか持っていないし」

「いやいやいや、おかしいですよ。もらう理由なんてありませんから」

「どうして？」

「どうしてって……売り物じゃないですか。しかも高いです」

「そうだけど、僕の家に住んでいるのに、僕以外から眼鏡を買うわけ？　その方がありえなくない？」

下から見上げるように、玲央が顔を近づけてきた。

じいっと玲央の薄い色の瞳は曇りのないガラスのように透き通っていて、自分の中の汚い気持ちを、見透かされそうで逃げたくなる。だからといって、目を逸らすことはできなかった。

「今日は楽しむためって、何度言わせるかな？　あのね、眼鏡の楽しさを知らずに、お客さんに勧めるのは難しいと思うよ？」

「そうかもしれませんけど……」

「もちろん、お客さんによって眼鏡をかける目的は違うだろうけど、たとえ視力矯正のためだけだと思って使っている人にだって、僕は眼鏡を楽しんで欲しいと思っている。ほとんどの人は、一つか二つしか持たないし、毎日同じものを使うんだから。それなら出来る限り、自分の気分が上がるものの方が良いと思うんだ。奏多くんの場合、眼鏡を使うことになったのは本意ではなかったけど、それ以外の部分の気持ちも、知って欲しいんだよ」

「玲央さんって、たまに強引なときがありますよね」

「奏多くんを困らせている？」

もちろん嫌ではない。

ただ、受け取るだけで、何も返せないことが苦しい。玲央はいつだって、遠慮する奏多を逃してくれないから。

野球を辞めると決めた日、奏多は地元へ帰ると玲央に告げた。もちろん、大学も退学する。

※

すると玲央は「まったく……」と怒りをにじませて、奏多を睨んだ。

「……突然やってきて眼鏡を作れとか強引なところもあるのに」

「え？」

「眼鏡だけじゃなくて、こっちも頼ればいいのに」

戸惑う奏多の頭の中は疑問符だらけで、玲央が何を言おうとしているのかさえわからなかった。

「奏多くんの大学、僕の家からでも通学できるよね」

「もちろんできますけど……何を言いたいんですか？」

「古いけど、一軒家だから使っていない部屋もある。ここに住んで大学に通えばいい」

「——は？」

地方に住む親戚の子が東京の大学に合格して、住むところがないのなら、うちの空いている部屋にくれば？　くらいの調子だが、奏多と玲央は親戚関係でもなんでもない。友達でもない。患者と医療従事者、客と店員という以上の関係ではないのだ。

それなのに「ここに住んで」である。

「眼鏡だけでも無茶を言ったのに、そこまで甘えられるわけないじゃないですか！」

「すでに一つ無茶を言ったんだし、もう一つ増えたくらい、たいして違わないよ」

本気で言っているのだろうか？　と奏多は疑ったが、玲央の目は真剣だった。

「違います。野球は俺にとって人生を左右することでしたから」

「それは否定しないけど、一般的には大学を中退するかどうかのほうが、人生を左右すると思うよ？」

「確かに……そうですけど。でも眼鏡のことは天宮さんに頼むしかなかったですけど、住む場所は……」

玲央がふーっと、わざとらしいくらい大きく息をはいた。このわからずや、とでも言いたそうだ。

「ないから、大学を辞めようとしているんだよね？　奏多くんの人生を左右する野球に関わらせたのなら、その後の人生にも、少しくらい関わらせてよ。少なくとも今の僕は、それができるから。祖父もダメとは言わないだろうし」

「でも……」

「嫌なの？」

「嫌なんてことは、全然。でも家賃とか……」

「いらない。光熱費も、よほど無駄遣いしなければ、一人分が二人分になったところで、大きく変わらないだろうから」

「そんな簡単に……」

「案分を考えるほうが面倒。まあ気になるなら食費は負担して」

「それは、もちろんですけど！　でもそれじゃあ……」

「何か問題でも？」

「俺に都合よすぎる話じゃ」

大学を辞めるとなると、恐らく奏多の親も反対する。できれば卒業して欲しいと言うだろう。それでも、奏多が決めたことなら、受け入れてくれると思っていた。

だけど、玲央にまで反対されるとは、微塵《みじん》も予想していなかった。

奏多が拒むと、玲央は顎に手を当てて、美術館にあるブロンズ像のような姿勢をとった。

え、今度は何を言う？　奏多は身構える。

顔を上げた玲央は、右手をさっと動かして店内を示した。

「まずは片づけを手伝って」

「はい？」

「僕一人じゃ、いつまでたっても片づかなくて」

店内を見れば、片づけが苦手なことはわかる。最初に店に入ったときから、掃き溜めに鶴みたいと、残念に思っていた。

「店を始めようと思っているんだ。そのときは働いてもらえるかな。もちろん大学優先で構わない」

「……店、開けるんですか？」

「最初は試験的になると思うし、祖父が退院したあとのことはまだ考え中だけどね」

「でも俺、眼鏡のことは何もわかりませんよ」

「だけど奏多くん、将棋できるでしょ？」

大学を辞める話をする前に、店の片隅に置いてあった将棋盤を見つけて、そんな話を少しばかりした。だが将棋と眼鏡に何の関係があるのか、奏多にはわからない。

「近所に住んでいる祖父の友人たちは、将棋のために来店していた人もいたんだ。祖父が退院してここに戻ってきたとき、居場所を残しておきたい。でも僕は、将棋ができないから、それを奏多くんにお願いしたい」

「俺も遊んだ程度ですし、このくらい誰でも、すぐに覚えられると思いますけど」

「将棋はそうかもしれないけど、片づけと接客もして欲しいから。奏多くん、高齢者に好かれそうだし」

「両親が仕事していた関係で、祖父母の家で過ごすことは結構あったので、慣れているとは思いますけど」

スポーツの場で培った、上下関係の礼儀作法は、高齢者から好意的に受け止められることはあった。そして奏多も、そういった人たちと接することは、嫌いではない。

奏多は店内を見まわした。レンズの在庫確認でもしていたようだが、箱が散乱して、どこから手を付ければいいのか、わからなくなっているらしい。

このとき、自分がいても良いのかもしれない、と奏多は少しだけ思えた。

「本当に、俺がここに住んでも良いんですか？」

「僕を助けてよ」

その言葉が、奏多にとって救いの一言だった。

※

玲央の優しさは、いつだって奏多のことを考えてくれたものだ。今はもらいっぱなしで苦しくなることもあるが、いつかそれを返したい。

体験のために製作する眼鏡が、それに結びつくとは思えないが、奏多は心を決めた。

「眼鏡屋にいるなら、自分でいろいろ体験してみる必要があるってことですね」

「そういうこと。実体験に伴う言葉は、何よりも説得力があるから」

「わかりました。自分が使いたいと思うものを選んでみます」

大学に行くときは、デニムのパンツに、夏ならTシャツ、冬ならセーターかパーカーを着ている。上下無地の無難オブ無難なところに、眼鏡だけでもオシャレにできたら、というのは、綾香と話したときに思ったことだった。

「わかりました。じゃあこれにします！」

奏多は青いフレームを選んだ。


製作体験の流れを説明され、奏多と玲央は作業台の前に座った。

昔は既製品でも、一つ一つ糸鋸《いとのこ》でプラスチックの板を削っていたというが、さすがに今は機械で製造している。だが今回は体験だ。削る作業は人力になる。

台に固定した糸鋸にプラスチックの板を動かしながら、少しずつ輪郭を削り出す。これが結構キツイ。糸鋸を動かすたびに板がブレる。玲央も初めての経験というだけあって、手際はよくなかった。

「こっちかな……いや、こうやって……」

繊細なことは苦手な奏多だが、小学校の図工の時間みたいで楽しんでいた。が、思うように糸鋸を動かせない。いや、動かせないというより、動かない。

コツがある、というのは教えてくれる田所《たどころ》の動きを見ればわかる。田所は高齢の男性で、長くこの業界で職人として働いてきたということだった。どう見ても奏多よりもずっと小柄で細身の田所に、力があるようには思えない。

でもお手本で見せてくれる、プラスチックの板を削る速度は奏多よりも圧倒的に早く、しかも断面が滑らかだ。こういうことは、奏多も野球で経験している。必ずしも身体が大きく、筋力があれば、速いボールが投げられるわけでも、打球を遠くへ飛ばせるわけでもない。

力の使い方だ。ただ眼鏡作りが初めての奏多には、コツなんてわからない。

「板を押さえている手……お二人とも糸鋸は右手で持っていますから、左手の指の力が必要になります。一見すると、糸鋸を動かす力が必要のように思うかもしれませんけど、板がブレると正しく力が伝わりませんからね」

「あ、確かに」

「指というのは、普段意識して鍛えることはしませんから、慣れるまでちょっと大変でしょうなあ」

確かに左手の親指にグッと力を込めると、板を強く押さえられて切りやすい。だけど、腕も指も疲れる。腕の筋肉がプルプルする。ずっと力を入れ続けているのは無理そうだった。

「えっと――……」

隣に座る玲央が、見たこともないくらい深い皺を眉間に寄せて、歯を食いしばっている。糸鋸が溝にはまったのか、さっきからプラスチックの板が前後せず、同じ場所で悪戦苦闘していた。

意外に不器用？

レンズやフレームを扱っている姿を見ると、指先は器用そうだが、力を使う系は苦手なのかもしれない。

「すみません」

奏多が手をあげて、少し離れたところにいた田所を呼んだ。

「はいはい、ちょっと貸してください」

玲央に席から立つように促してイスに腰かけた田所は、二、三回糸鋸を動かすと、すぐにまた正しい軌道に戻した。

さっきまでは、前にも後ろにも進めなかったのに、田所の手にかかれば、特に力を入れた様子もないのに、まるで柔らかな素材を削っているかのように進んでいく。

あまりにも一瞬の出来事で、玲央がぽかんと口を開けていた。

「お見事です」

「やっていくうちにできるようになりますから」

席を交代し、再び玲央がイスに座り、腕を動かす。だが田所なら規則正しく動かせる糸鋸も、奏多や玲央にかかると、何度も止まってしまう。やたらと力ばかり使うのに、いつまでも進まない。

詰まるたびに手を貸してもらい、そしてまた数ミリ進める。

眼鏡を作るって、大変なんだな、そう奏多が思っていると、隣から「慣れる前に終わりそう」と玲央が弱音を吐いた。

「俺、こういう作業は嫌いじゃないですよ。図工の時間とか好きだった程度ですけど」

隣から首を伸ばして、奏多の手元を覗き込んだ玲央は、うん、とうなずいた。

「確かに、僕より進みが早いね。切り口も綺麗だし」

「力任せにやっているだけですけどね」

「そんなことないよ。自分が思っているよりも、手先が器用なんじゃない?」

「そうですか? 指の力なら、平均的な男性よりあるかもしれませんけど」

野球をやっていたころ、筋トレはしていたが、意識的に指をトレーニングしたことはない。ただ、ボールを投げたり、キャッチしたり、普段の生活では使わない部分を鍛えていたかもしれない。それが、この作業とつながりがあるかは、奏多にはまったくわからないが、少しでも過去のことが無駄でなかったら良いな、と思った。

「僕は……自分で思っているより、苦手だったかもしれない」

玲央の顔に疲れがにじんでいた。

「そして、改めて実感したよ」

「何がですか？」

「僕は眼鏡の最終工程にいるだけで、いろいろな人たちの手によって、作り上げられていたことを」

「……そのうち、材料作りからやりたいとか言ったりしませんよね？」

それからしばらく、二人で手を動かした。

フレームの外枠を粗く切り落としたあとは、鑢《やすり》をかけて滑らかにしていく。ところどころ、糸鋸の歯を入れ過ぎた箇所は、鑢をかけても誤魔化せない。

田所には「それもまあ、手作りの良さということで」と慰められたが、玲央が若干悔しそうな表情をしていたのは、奏多の見間違いではないはずだ。

とはいえ、玲央は苦戦したわりに、断面は綺麗なカーブを描いていた。苦手だと言いながらも、途中から凄い集中力を出していたから、やはり眼鏡のこととなると本気度が違う。

「いいな」

「何が？」

「玲央さん、眼鏡のことになると貪欲《どんよく》というか、何でも吸収しようとする姿勢が……羨《うらや》ましいなって。俺はこの作業は楽しかったけど、上手くなりたいとかは、あんまり思わなくて……」

「別に良いんじゃない？　体験だし」

「そうですけど……」

「今回は僕が引っ張ってきたんだから、そんなこと気にしないで」

作業が一段落したところで田所が受付の人に呼ばれ、作業場から出て行った。

玲央はその間、最初に見たプラスチックの材料が並べられている棚の前に行く。もう一度挑戦したそうな表情で、材料を手にしていた。

奏多も玲央の隣に並んだ。

「これ、綾香さんに似合いそうですね」

一見すると無地の材料だが、窓の方へ向けて光に透かすと、中に模様があることがわかる。

「フロントはもうちょい目立つ感じにして、こっちのチェックとか、水玉とかを組み合わせたら、横から見たときと雰囲気変わりますよね。このくらいなら、学校にかけていっても大丈夫そうだし」

「そうだね」

「でも黒だとちょっと印象が強いから、茶系の方が良いかな……そうしたら、かけたときの雰囲気もやわらかくなるかもしれないし。ただ、その場合フロントの柄も変えた方が……。あ！　それとも、本人がパーツを選んで好きにカスタマイズできる方が良いですかね？　それならオーダーよりは値段も下げられて、自分だけの一品になったりしません？いつか、視鮮堂でもやりましょうよ」

奏多はワクワクしながら玲央に訊ねる。だが、玲央は答えなかった。

「……玲央さん？」

「あ、うん。そういうことができたらいいね」

「ですよね。綾香さんみたいな人って、きっといると思うんですよ。っていうか、前に大学で同じ講義をとっている女子が、オシャレしたいときはコンタクト必須って言っていたんです。でも、それっておかしくないですか？　オシャレするから、眼鏡を選ぶときがあってても良いでしょ」

「そうだね」

「だから、何かできると良いなって思って」

奏多が話し終わると、玲央は満面の笑みを浮かべていた。

「俺、変なこと言いましたか？」

何が起きたのかわからない奏多は焦る。焦ったけど、玲央の笑顔は嫌じゃない。それどころか、もっとその笑顔が見たいと思った。

「奏多くんの考え方いいと思うよ。興味があることを見つけていく中で、自分が進む道を見つけられると思うから」

「あ……」

「奏多くん、少し焦り過ぎだよ。就活のこともあるんだろうけど、働くことと、自分が進む道を、必ずしも一致させる必要はないんだから。もちろん、自分のやりたいことを仕事にするのはいいことだけど、必ずしもそれで幸せかは、わからないしね」

「やりたいことを仕事にして、悪いことがあるんですか？」

「悪いというのとはちょっと違うかもしれないけど、仕事なんだからいつも楽しいことばかりじゃないでしょ。辛くなることもあるかもしれないし。それに、好きだったものを、好きだと思い続けられるとも限らないから」

「それは……そうですね」

「それにね、一度に全部決めようとしなくても、奏多くんはちゃんと自分で進む方向を見つけられると思うよ」

「どうしてそう思うんですか？」

前のめりになって訊ねる奏多に、玲央はさあ？　と言いたそうに、小さく首をかしげた。

そこを詳しく聞きたい奏多は、玲央に「もったいぶらないで教えてくださいよ」と詰め寄る。

だが聞き出す前に、田所が戻って来た。

「お待たせしてすみませんでした。作業に戻りますね」

もう少し話したかったのに、と思う奏多だったが、玲央はもう、田所に次の工程を訊ねている。

奏多もまた、眼鏡作りに戻った。

それからの作業——レンズを入れる溝を刻んだり、R付けと言われるフレームにカーブを付けたりする工程は、奏多たちは行わず田所の手によって加工された。素人にできるものではなく、やはりちゃんとした形にするには、要所はプロがおさえるらしい。

玲央は自分でやりたそうなそぶりも見せていたが、田所が作業を始めると、真剣な様子で見入っていた。

もっとも、すべてを見られるわけではなく、プロの手によって仕上げてもらい、完成品は後日送られてくるとのことだった。

「残念。最後までやってみたかった」

「だったら奏多くん、鯖江に就職する?」

「そこまでは……」

フレーム作りに興味は抱いたが、これを仕事にしたいかというのとは違う気がする。今は「知りたい」だ。その先をもっと知りたいと思うかは、まだわからない。

ただ、奏多の中でここへ来るまでと違って、わずかに空が晴れたような気がしていた。小雨が降る空が、曇り空くらいの変化だったが、ときおり雲の薄い場所から、柔らかな陽が差し始めたような気分になっていた。


綾香が視鮮堂にやってきたのは、玲央と奏多が福井から帰った翌日のことだった。仏頂面《ぶっちょうづら》の綾香を、母親が引っ張ってきた。

「営業日ではないのに、お時間を作っていただいて、ありがとうございます」

「いえ、お待ちしておりました」

昨日綾香の母親は、最速でいつ眼鏡を作ってもらえるかと訊ねてきた。本来なら、週に一度しかオープンしないが、玲央は夜でよければすぐにと言い、綾香に似合いそうなフレームをいくつか用意した。

丁寧なあいさつをした母親の後ろで、小さな子どものように、綾香はまだ若干不貞腐れた様子だ。

「そろそろ観念したら？」

奏多が話しかけると、仏頂面が少し和らいだ。

「観念したから来たの」

どういうことだろう？

奏多の疑問に答えるように、綾香がスカートの裾を少し持ち上げた。

「え？　あ……！」

突然のことに、一瞬ドキッとした奏多だったが、膝まで上げられたロングスカートから覗く足には、真っ白な包帯が分厚く巻かれていた。

「だ、大丈夫？」

「痛いけど平気……」

言葉を濁した綾香の横から、目を吊り上げた母親が首を突っ込んできた。

「平気なわけないでしょ！　四針も縫ったんだから」

玲央や奏多が心配した通り、眼鏡を作らなかった綾香は、ショッピングモールのエスカレーターを踏み外して、脛《すね》を切ってしまったということだった。すぐに病院へ行き、下された診断は全治二週間。骨には異常がなく、経過も良いとのことで、痛みも徐々に引いているらしい。

「エスカレーターに乗るなんて、これまで意識なんかしなくてもできたのに」

玲央が綾香の足を、痛々しいものを見るように目を細めている。

「無意識であっても……例えば、スマホの画面を見ていたとしても、一瞬はエスカレーターの方に視線を動かしているはずですよ」

「うー……」

唸っているが反論しないのは、怪我をした事実がすべてだからだろう。

綾香は悔しそうにしながらも、「私が間違っていました！」と、店中に響き渡るような大声で叫んだ。

やれやれ、と思いつつ奏多は訊ねる。

「でもそれだったら、もっと早く、眼鏡を作れるお店に行けばよかったんじゃない？」

玲央に連絡があったのは、昨日の帰りの電車の中だ。さすがに帰りが遅くなるため、翌日になったのだが、視鮮堂にこだわらなければ、昨日のうちに新しい眼鏡を手にしていたはずだ。

「それが、お二人に作って欲しいんですって」

「ママ！」

母親の暴露に、綾香は顔を真っ赤にしている。

「そうじゃなきゃ、眼鏡をかけないって言うものですから、無理を言って、お店を開けていただいたんです」

もはや取り繕うことができないほど、母親に暴露された綾香は、抵抗を諦める。眼鏡のフレームが飾ってあるショーケースの前で、身体を小さくしていた。

「だって、SNSにこの店の眼鏡は特別だって書いてあったから。せっかく作るなら……」

背を向けていて顔は見えないが、綾香の耳は真っ赤だ。最後の方は不明瞭で何を言っているのか聞き取れなかったが、照れているのはわかる。

SNSに投稿したのは太一だろう。最近、前より店の閲覧数が増えている。

「それに、私を綺麗にしてくれるって言ったから！」

「いいえ、私はただ、眼鏡は篠原様の見える世界を美しくしますと言っただけです」

「どんな顔でそのセリフ言ってんの……」

女子高生の鋭すぎるツッコミに、奏多も「だよね」と思ったが、当の玲央は真顔だ。本心なのだ。だからこそ、玲央が手掛ける眼鏡は、誰よりもその人の目として働いてくれる。

その後、玲央が綾香の母親に、金額等の説明をしている間、奏多は綾香に近づいた。

「ちょっとこれを見てくれる？」

奏多は店内の一角にある、玲央の祖父のコレクションを示した。

ケース内に入っている昔の眼鏡の中に『ローネット』という、十八世紀のヨーロッパで使われていた眼鏡が飾られている。手持ち眼鏡で、演劇鑑賞用に使われていたものだが、持ち手のところに、花の模様の細工が施され、中央には小さな赤い石がはめ込まれていた。

「眼鏡の目的もあったとは思うけど、アクセサリーの目的もあったと思うんだ。で、これ」

今度はスマホの画面を綾香に向けた。

「なにこれ?」

「眼鏡チャーム。さすがに手持ち眼鏡ってわけにはいかないから、今の眼鏡のテンプル……この、横の部分のことだけど、ここに引っ掛けたりして、飾る物みたい。学校には無理だろうけど、休みの日とかなら使えるんじゃないかな?」

「へー……」

あ、ちょっと興味を持ってくれた。

綾香は奏多のスマホを興味深そうに見ている。

「俺の友達で、美大に行っている人がいるんだけど、その人の友達に、オリジナルのアクセサリーを作っている人がいるんだって。普段はネックレスとかピアスとかを作っているらしいんだけど、試作品で眼鏡チャームも作っていたんだ。今度感想を聞かせて欲しいって言っていた」

昨日、太一に相談したところ、すぐに友人に声をかけてくれて、写真を送ってきてくれた。

「え？」

「まだ具体的なことは決まってないんだけど、良かったらお願い」

「そんなの、大学生なら周りに眼鏡の人、いっぱいいるでしょ」

「うん。でも、もしかしたらうちの店でも取り扱うかもしれないし、大学より校則の厳しい高校生の意見も聞いておきたいからって」

少なからず興味があったのかもしれない。綾香は「時間があるときならいいけど」と、言葉はぶっきらぼうだが、写真から目を離さずにいる。

「他にも、どんな眼鏡ならかけてみたいと思うか教えて」

「目が治ったら、またコンタクトにするから」

「わかってる。でも、用途に合わせて使い分けすればいいわけだし、またいつ、必要になるかわからないでしょ」

「それは……ってか！　大学生なんでしょ？　眼鏡屋さんじゃないんでしょ？」

「いまのところは、俺にもまだわからないけど……わからないから、いろいろ考えることにしたんだ」

興味があることをやってみればいい。その先に何があるかは、やりながら考えれば良いのかもしれない。玲央と一緒にいて、そう思った。

「せっかくなので、眼鏡のこと、もっと勉強したくなったんだ」

奏多がそう言うと、綾香は「だったら、協力してあげる」と笑った。

※

奏多が太一と会うために店を出たのは二時間前。美大生たちと、眼鏡チャームの打ち合せをしてくると言っていた。ある程度具体的に動き出したら、綾香にも意見を求めるらしい。

商品として利益が出るところまで持って行けるかは未知数だ。だが、上手くいくかは今の段階では考える必要はない。奏多が楽しければそれでいいと玲央は思っていた。

若いっていいな、と思うのは、玲央にとってはすでに通り過ぎた過去のことだからかもしれない。

玲央の脳内で『二人ともまだ若造だ』という言葉が、祖父の声で再生される。祖父からすればそうだろう。

でも奏多とは十歳違う。十年分、玲央の方が前に進んでいたい。

玲央は顧客名簿の作成をしつつ、祖父の時代のお得意様にダイレクトメールを送る準備をしていた。メールと言えば、今は電子メールが主流だが、今回はアナログのメール——

つまりハガキだ。アナログを選択したのは、過去の顧客名簿にはメールアドレスの記載がなかったため、他に選択肢がなかったというのが大きな理由だ。

ざっと四十名ほどだが、一枚一枚、相手に合わせた内容を手書きにすると、十枚ほどで手が疲れてしまった。最近はほとんどがキーボードでの入力だから、手書きの習慣が薄れてしまったのかもしれない。

休憩しようと、ペンを置いてイスに深く腰をかける。玲央が何気なく窓の外を見ると、視鮮堂の前に影が通った。

「いらっしゃいませ」

ドアから真鍋が顔を出していた。

「客じゃないよ」

真鍋が自宅へ帰って来たかのように、慣れた様子で店内に入って来る。狭い店だ。一瞥《いちべつ》すればすぐに誰がいるかいないかがわかる。

「すみません、奏多くんは外出中です」

「土曜なのに？　大学は休みだろ。あ、もしかしてデートか？　だよなあ。大学生だものなあ」

「どんな決めつけですか」

玲央は顔をしかめた。

真鍋は、恋愛の話でも何でも容赦《ようしゃ》なく立ち入ってくる。悪意がないのはわかるが、そっとしておいて欲しいと思うのは、奏多ほど若くはなくとも、まだ玲央も言われる側の立場だからかもしれない。

「仕事ですよ」

仕事になるかは別として、今はそう言っておく方が無難だろう。

「バイトか?」

「いえ、視鮮堂の手伝いです。帰りは夜になると思います」

「じゃあ帰るか」

真鍋の手はすでにドアにかけられている。玲央は慌てた。

「僕で良ければお相手しますけど。最近、少し駒の動かし方を覚えたので」

いやいや、と真鍋は顔の前で手をヒラヒラと振った。

「仕事も忙しいみたいだし、邪魔になるから」

来たときと同じくらいあっさりと、真鍋は店をあとにした。

「……そんなにすぐに帰らなくても」

一瞬だけの来客が乱した空気はすぐに落ち着いたが、狭いはずの店がさっきまでよりも広く感じた。

祖父が入院している今、本来であればこれが当たり前のはずなのに、すっかり奏多がいるのが当然のように感じてしまっている。それは玲央だけではなく、この店を訪れる人にとっても同じらしい。

玲央は一呼吸ついてから、またハガキの上でペンを走らせた。

「奏多くん、帰ってきたら怒るかな」

ハガキは俺が書きますから！　と言って出かけた。自分のできることで、視鮮堂の役に立とうとしている。そうしなければ、ここにいてはいけないと思っているようだ。

「そんなわけないのに」

綾香が眼鏡を作ったのも奏多の存在は小さくないし、今だって真鍋は奏多がいなくて帰ってしまった。できれば、この時間が続いて欲しいと玲央は思っている。でも奏多が大学にいるのもあと二年。そして玲央は――。

玲央のスマホに英文のメールが届く。送り主は玲央がアメリカで一緒に働いていた同僚だ。

文面のほとんどは他愛もない近況を伝えてくる内容だったが、終わりの方で帰国を待っていると書かれていた。

「帰国って……僕の故郷は日本だし」

だが、それだけ受け入れられたという証だろう。勤め始めたころのことを考えると、物凄い進歩だ。

玲央は店内をぼんやりと眺めた。

子どものころ、玲央は店のソファでよく寝てしまった。祖父のコレクションを眺めて、視力検査の真似事もした。

ただ、そんな祖父との思い出が詰まった店で、今は奏多の存在をそこかしこに感じる。奏多が読んでいた雑誌や、いつも磨いている鏡。少しすれば、店内に眼鏡チャームも置くかもしれない。

日本にいるか、アメリカに帰るか。

仕事のことだけを考えれば、今の玲央には、アメリカの方がやりやすい。だけど、日本にいたいとも思う。

玲央は再びペンを握った。

ハガキの残りはあと三十枚ほどだ。

「奏多くんが帰ってくるまでに終わらせないと」

どうして書いちゃったんですか！　俺が書くって言いましたよね。

そんな奏多の声を想像しながら、玲央はペンを走らせた。

三章

三月——眼鏡と少年

視鮮堂のドアを開けると、歓声が聞こえてきた。テレビの音だ、と奏多はすぐに気づいた。

今日開幕したワールド・ベースボール・クラシックは、国内外のスター選手が集まっているだけあって、異常な盛り上がりを見せている。画面を見なくても、鳴り物と拍手と声援が重なり合い、音だけで興奮が伝わってきた。

「ただいま帰りましたー」

店舗と住宅部分を仕切っているドアを開けると、玲央がテレビを見ながら食事をしていた。

珍しい。傍らにはビールの缶がある。外食時にアルコールを飲むことはあるが、玲央は普段、家で晩酌をすることはほとんどない。しかも飲むのはワインかウイスキーだ。

「どうしたんですか？」

奏多がビールの缶に指を向けると、玲央は「見ていたら、飲みたくなって」と言った。

ちょうど、スタンドに画面が切り替わって、タンクを背負った女性の姿が映った。

「ビール売りの映像を見ちゃったんですね」

「そう。この前、春日井《かすがい》さんが置いていったビールがあったし」

春日井の家は商店街で酒屋を営んでいる。真鍋ほどではないが、わりと頻繁に視鮮堂に来る。ビールはそのとき持ってきてくれたものだ。本当は自分で飲むつもりだったようだが、真鍋が持ってきたカステラをお茶と食べることになって、視鮮堂に置いていってくれた。

「何となく、野球やサッカー観戦するときはビールって感じだよね」

「確かに、ワイングラス片手に観るイメージはないですね」

アルコールを飲んでも、玲央の顔色が変わるところを見たことはない。缶ビール一本くらいでは、まったく変化はなかった。

「せっかく東京でやっているんだから、奏多くんも現地で観てくれれば良かったのに」

「チケットが取れませんよ」

奏多はテレビ中継で野球を見ても、昔ほどは興奮しなくなっている。とはいえ今回は特別だ。超一流の選手たちによる真剣勝負は見ていて楽しい。

玲央が缶に口を付けて、喉を鳴らした。

「こういうのをきっかけに、野球少年が増えたりするのかな」

「します！　絶対しますよ！　だって俺も、野球を始めたきっかけはテレビ中継でしたから」

「何歳くらいのころ？」

「小学校にあがったころですね。そこから近所の野球クラブに入りました。最初は週末にしか練習がなかったんですけど、学校が終わってから、毎日バットを振っていましたよ」

「うん、何となくその姿が想像できる」

玲央は少しばかり、笑っているようだった。

イニングが代わり、日本が攻撃になる。打線がつながり得点を重ねていくと、球場の盛り上がりは、一層大きくなった。

ビールを飲み終えた玲央は、缶を流しに持って行くと、今度は冷蔵庫からペットボトルの炭酸水を取り出した。どうやら晩酌は終わりらしい。玲央が深酒をしている姿は、今のところ奏多は見たことがない。

一緒に生活して、すでに五ヵ月が過ぎた。研修旅行という名の遠出もした。玲央は、自分の勉強のためだと言っていたが、奏多は違うと感じていた。

最初は病院で出会って医療者と患者という立場だったのに、気がつけば家族のように一緒に食事をして、将来の相談をすることさえある。奏多が悩んでいれば、手を差し伸べてもくれる。

だけど奏多は、どこか玲央との壁を感じていた。言葉ではうまく説明できないそれは、日増しに大きくなっている。

玲央はテレビ画面の方を向いたまま「またやりたくなったりはしないの？」と言った。今はCM中だ。奏多の方を向かずに軽い感じで言っているのは、玲央なりの配慮だろう。だから何を？　と訊く必要はなかった。玲央が言っているのは「野球中継を見ていると、またプレーしたくならないの？」だということは理解した。

「……どうですかね」

曖昧な返事をしたのは、奏多自身もまだ完全な整理がついていないからだ。観るのとプレーをするのでは意味が違う。自分の中に残っている、プレーのイメージとのズレを、きっとまだ完璧に受け入れられない気がしていた。

「友達から、野球サークルに誘われていますけど……」

サークルと言っても、中学や高校で経験していた人ばかりのところで、わりと真面目に練習をしている。一人、甲子園に出場した学校出身者もいるくらいだ。さすがにレギュラーではなく、三年間スタンドからの応援だったというが、遊びレベルの練習ではないことを奏多は知っていた。

「あ！　それで思い出しました」

「何？」

玲央がテレビから、奏多の方に向き直る。ちょうどCMが終わったタイミングだった。

「そのサークルのメンバーの一人から、眼鏡が欲しいから今度一緒に見てくれって言われているんです」

「うちの店で眼鏡を作りたいってこと？」

「いえ、さすがにそれはちょっと……、そいつも地方出身で、アパート暮らしですし」

金銭的に無理なことを匂わせると、玲央は小さく首を横に振った。

「そこは気にしなくていいけど……ってことは、どこかのお店に行くのに、奏多くんに付いてきて欲しいってこと？」

「はい。でも俺、全然眼鏡のこと詳しくないし、何もできないって言ったんですけどね。眼鏡店に居候させてもらっているって言ったら、何だかそんな流れになって」

何度も断ったが、一人で行くのは嫌だと言い張られた。学食のランチを奢《おご》るから、と言われて了承してしまった。

「でもどうして、その奏多くんの友達は、眼鏡を作ろうと思ったの？　急に目が悪くなったとか？」

「これまではコンタクトだったんですって。ただ、去年から花粉症になって、医者にコンタクトより眼鏡の方が良いって勧められたらしくて。あと、ドライアイだから、目の乾きも辛いらしいですけど」

「ああ、そういうこと。うん、だったら眼鏡の方が楽かもしれないね」

「そうらしいです。鼻より目に症状が強いらしくて、もう我慢できないからって」

医師のアドバイスでは、コンタクトの場合花粉が付着するとそのまま目についてしまって、なおさら痒《かゆ》くなるらしい。そして花粉の季節が過ぎても、ドライアイは年中無休だ。

「いくら気をつけていても、痒いとこすってしまうだろうし、そういう意味でもコンタクトは危険だよね。まあ、コンタクトの有無にかかわらず、目はこすらない方が良いけど。でも理由がそれなら、眼鏡を選ぶのはそんなに難しい話ではないと思うけど?」

「だから俺もそう言ったんですけど、店員に勧められると自分の意見を言いにくいらしくて、俺みたいな利害のないヤツに、客観的な感想を言って欲しいって」

「だったら、付いて行ってあげれば良いんじゃない。お友達は、自分の立場になって考えてくれる人と行きたいだけだろうし、今の奏多くんなら、他のお店を見るのも面白いと思うよ」

それは奏多も考えていた。

視鮮堂に置いてある眼鏡フレームは少ない。写真だけでは判別できない、手に持ったときの触り心地や、かけたときの耳にあたるフィット感。もちろん、細かなデザインも見たくて、ここ最近奏多は、目に付いた眼鏡店に立ち寄ることが増えた。ただ買う目的でないと見づらいし、質問もしにくい。でも、自分でなくても友達の買い物に付き合うとなれば、いろいろ手にできるだろう。

口元に手を当てる玲央は、何やら考えているような表情をしていた。

「どうかしましたか？」

「それって、普段使いの眼鏡ってことだよね？」

「そうだと思いますけど？」

「野球のためだけなら、それ専用があるから。まあ、奏多くんに今さら説明する必要はないけど。今使っているのもそうだし」

「坂野《さかの》は……、あ、その友達は坂野っていうんですけど、特に何も言っていなかったですね」

奏多が小首をかしげると、玲央が一度店の方に行き、カタログを持ってきた。

ズレにくいとか、太陽光のもとでも白球が見やすいとか、奏多が使っているのと同じタイプのフレームの下の部分がなくて視界が広いとか、さまざまな種類を見せてくれた。レンズもフレームも野球用だ。

「プロの選手でも、サングラスをしていることはあるよね」

「ありますね。屋外のデーゲームだと、太陽が眩しいですから」

「サングラスでも度入りのものを使っている人もいて、プレーするときと使い分けるのもありだよね。コストの面で難しいかもしれないけど、就職して、それでも趣味として野球を続けるなら、考える余地はあるかもよ」

「就職してからかあ……」

高校から大学へ進むときよりも、大学から社会人になる方が、一気に人生のステージが変わる感じがする。大学院に進む予定のない奏多は、二年後には働いているはずなのに、明確な未来が想像できなかった。

「就職してからのことは、今考えることじゃないかもしれないけど、野球じゃなくても、奏多くんは身体を動かした方がいいと思うよ」

「どうしてですか?」

「考えるより先に、身体を動かした方がスッキリする方でしょ。この前だって、いろいろ悩むより、手を動かした方がいい顔していたし」

フレーム作り体験のことだ。確かにそうだった。

「じゃあ、ゴルフのサークルとか入ってみれば良いんですかね」

玲央が何か言いたそうに口を開いた瞬間、カキーン、と、テレビの中から軽快な音が聞こえてきた。

身体を動かした方がいい。玲央のそのアドバイスは、奏多にとって一番取り掛かりやすいことだった。とりあえず、眼鏡を買いに行くのに付き合って欲しいと言ってきた、坂野の頼みを聞くことにした。

駅で待ち合わせ、一緒に眼鏡店へ行く。全国チェーンのよくCMを見る店だ。見知ったタレントのポスターが、店の中にも外にも大きく飾ってあった。

「坂野って、一度も眼鏡を作ったことがないのか？」

「あるよ。最初に作ったのは中学のときかな。高校からは基本コンタクトだから、眼鏡を使うことはあんまりないけど、寝る前とかにコンタクトをはずしたら使ってた」

最初に、ということはすでに何度か経験があるらしい。

「だったら店くらい、一人でも行けるだろ」

「それがある種のトラウマなわけよ。奏多も地方出身だからわかるだろうけど、地方って都会より店が少ないだろ」

「まあ……」

「俺のところはマジ田舎で、店の選択ってほぼできないわけ。県庁所在地に行くにも一苦労だから。国道沿いにコンビニはあったけど、高校の修学旅行で東京に来たとき、初めてスタバで飲んでさ。事前にネットで調べていたんだけど、注文するとき、すっげー緊張したわ」

奏多は内心、俺のところはそこまで田舎じゃないぞと思ったが、妙なマウントになりそうで黙っておいた。スタバはあっても、ハンズはない。何ならデニーズもない。

「でさ、眼鏡もチェーン店みたいなところが近くになくて、近所の昔ながらの眼鏡店で作ったんだよ」

「別にいいだろ、それでも」

玲央の店だってそうだ。小さな個人経営の店だから、腕が悪いなんてことはない。むしろ、一人に対する接客時間も長く、きめ細かな聞き取りをしてくれることも多いはずだ。

「それは良いんだけど、選択肢が少ないんだよ」

「あ、好きなフレームがなかったとか？」

「まあな。でもそれ以上に問題だったのが値段。しかも、親の性格もあったんだけど、ご近所さんに対する見栄で一番安いヤツを選びたくなかったらしくてさ、勧められるがまま五万もする眼鏡を買ったわけ」

「顔見知りだと気を使うというか、知り合いだからこそ、言いにくいこともあるからなあ。でも、それなりの値段の物を買ったのなら、使い心地は良かったんじゃないか？」

「使い心地がわかる時間なんてなかったよ。最初に作った眼鏡、三日後に壊したんだから」

「ええ？」

「友達と廊下でぶつかって、バッキバキ」

「怪我は？」

真っ先にそれを訊いた奏多に、坂野は「奏多って、良いヤツだな」と笑った。

「そのときは顔を切ったけど、すぐに治ったよ。傷も残ってないし」

「なら、不幸中の幸いじゃないか」

「今となってはそうだけど、買って三日で、五万円の眼鏡を壊したとなれば、親にめちゃめちゃ怒られた」

「あー……」

その姿が想像できるだけに、奏多もフォローできなかった。

「選択肢がないから、また同じ店に行ってすぐに次を買ってもらったけど、トータル十万近い買い物になったから、中学生の俺としても、親に申し訳なくてさ。でも、見えなければ困るし、買ってもらわないわけにもいかなくて。高校に入ってからコンタクトにしたのは、眼鏡だと壊すと思ったからだよ」

「今度は、知り合いの店じゃないんだから、好きなものを買えばいいだろ」

「そうだけど、どれが似合うか、鏡を見てもよくわからなくなっていくんだよ。お店の人もいろいろ言ってくるし」

どうやらすでに一度、一人で行ったものの、店員の圧にやられてしまったらしい。

「じゃあさ、写真を撮ってみよう」

「写真?」

「そう、その方が鏡よりも客観的に見えるって」

玲央に教えてもらったことだ。

「それに写真に残しておけば、いろいろ試しているうちに、どれが良かったかわからなくなる心配もない」

「確かに。それいいな！」

「あと、坂野ってパソコンとかよく使う？」

「使う。めっちゃ使う！　学校の課題のときも使うし、家でゲームもする。スマホにタブレットも使う。起きている時間の多くは何かしら使っている」

玲央もそれを指摘していたし、奏多も普段の坂野を見ていて、想像はしていた。

「ドライアイの症状が進むんじゃないのか？」

「どうだろう。寝ているときと、友達と話しているとき、バイトのとき以外は、ほとんど画面見ているから、目が乾いているのが当たり前になっちゃっているかも」

「点眼薬は？」

「眼科で出してもらっているよ」

玲央いわく、パソコンやスマホのすべてをシャットアウトしたら、症状が改善されるのではないかとのことだった。ただ「現実的じゃないよね」とも。

あとはレンズに淡色のブラウン系やグリーン系の色を入れるか、ブルーライトカットのものを使うか、とアドバイスをしてくれた。

坂野にそれを伝えると、ブルーライトカットは入れてもらうつもりとのことだった。

「えー、奏多、眼鏡のことなんて全然わからんとかいいつつ、いろいろ調べてくれてるんだな。ありがとう」

「ちょっと聞いただけだよ」

本当は、玲央に聞いただけでなく、店にあった眼鏡の本も開いてみた。

ほとんど理解できなかったが、患者や客が困っていることに対しての対処方法があることはわかった。

「俺には専門的なことはさっぱりだけど」

「別に、奏多は眼鏡屋になるわけじゃないんだから、そんなの当然だろ。今、眼鏡屋に居候しているだけなんだからさ」

「え？　あ、そっか……」

坂野に指摘されて、奏多は当たり前の事実に気づかされた。

視鮮堂は玲央と、玲央の祖父の店だ。奏多は一時的に間借りしているだけ。例えるなら、視鮮堂という木の下で雨宿りをさせてもらっているようなものだ。ただ、雨はいつか止む。そのときが来たら奏多は木から離れて、違う場所へ向かって進まなければならない。

だけど今、奏多は眼鏡のことに興味を持ち始めている。

「てか、野球やらね？」

「話が急カーブすぎだろ」

「前から誘ってるだろ。頼むよー。奏多が入ってくれたら、チームの戦力があがるからさー」

「それはどうかな」

大学リーグでは打てない、だから野球をやめた。そこまでは受け入れた。だけど、草野球でも打てなかったら……。

妙なプライドが、自分を縛っていることは奏多も自覚している。でも、今までの自信もプライドも、何もかも崩されるのが恐かった。

「ってか、こんなこと話してないで、眼鏡選びに来たんだろ！　あ、そうだ。野球をするなら、ブルーライトカットだけじゃなくて、紫外線によって色が変わるレンズとかはどうだ？」

「そんなのあるのか？」

「あるよ。太陽光が強くなると、サングラスみたいに色が濃くなるんだ。ホント、そんな細かい機能があるの？　ってレンズがあるから。ホラ探すぞ」

早く、と坂野を急かして、奏多は手近にあった、茶色のプラスチックフレームを渡した。

「写真撮るぞー」

「ちょ……ちょっと待ってくれ」

持っていた鞄を肩にかけた坂野は、慌てていたわりには顎を突き出して、妙な決めポーズをとった。

「普通にしろ」


奏多が視鮮堂に帰ると、玲央が自分の部屋を――。

「散らかしているんですか？」

「どこをどう見たらそう思うの？　片づけだよ」

玲央は空の段ボール箱に、服やら本などポイポイ投げ入れている。それを見て、玲央の片づけの下手さの理由がわかった気がした。

「やっぱり散らかしていますね」

「ヒドイ、奏多くん……」

玲央は小さな子どものように、少しばかり唇を尖《とが》らせた。女子が見たら、胸をキュンとさせるかもしれないが、惨状を目の前にしている奏多はときめかない。

「それにしても、よく片づけようと思いましたね。玲央さんが」

「奏多くん、さっきから、少しずつヒドイよね」

「事実じゃないですか。綺麗な状態に店を保つの、俺がどれだけ苦労しているか」

真鍋を始め、常連たちも、時折見かねて手を貸してくれる。

「で、どうしたんですか？」

奏多が話を先に進めようとすると、玲央は「もうすぐ――」

玲央の声を遮《さえぎ》るようにスマホが鳴る。

奏多にゴメン、と謝るようなしぐさをしてから、玲央は電話に出た。

「お祖父ちゃん？　あ、そう、さっき電話した……うん、ああ、そうなんだ。何もなければ、全然。こっちも急ぐことではなかったし。うん、うん……」

玲央の様子から、緊急性のある内容ではなさそうだと思った奏多は、その場を離れた。

先日、見舞いから帰って来た玲央は「祖父の調子が、日に日に良くなっていてね」と、いつになく嬉しそうだった。

すでに半年以上の入院だ。思わぬ長期入院になったが、そろそろ退院がみえてきたらしい。

「ゴメン奏多くん。話の途中だったね」

電話を終えた玲央の顔に、明るさがあった。

「退院、されるんですか？」

「聞こえてた?」

「いえ、何となくです」

「うん、そう。恐らく再来週、退院になるだろうって。まだ少し先だけど、お祖父ちゃんももう、病院に飽きているから、嬉しいみたいで」

「それはそうですよ」

でもそうなれば、奏多はここを出て行かなければならない。他人である奏多がいたら、せっかく自宅に帰って来たのに、落ち着けないだろう。

「だから部屋を片づけていたんですね」

「うーん……まあ、今後のことを考えてね」

落ち着いたトーンで話しているのに、やはり玲央の声は弾んでいた。

だけど、玲央が話せば話すほど奏多は落ち着かない。そればかりか鼓動が速くなる。

「奏多くんのおかげでかなり整理されていたけど、やっぱりもう一度、本格的に片づけないとかなあ……」

そうですね、手伝います。

恐らく奏多はそう言っていた。ただそれは、目の前で手を叩かれたとき、反射的に目をつむる行動と一緒で、本当は別のことを考えていた。

店に置いてあるパソコンの前で、玲央が固まっている。さっきから五分。マウスに置いたままの指は、ピクリとも動いていなかった。

開いている画面から、メールを読んでいることは奏多にもわかる。ただし、内容はわからない。距離があるから、文字が細かいから。そういったこともあるが、何よりも書かれている言語が日本語ではなかったからだ。

「玲央さん、コーヒー飲みます？」

いつもなら、うん、とか、いや、とか、返事がある。集中して本を読んでいても、玲央が呼びかけに応えないことはまずない。

読んでいるのが英語だから？　そう思ったが、英語の本を読んでいるときも、反応は同じだったように思う。

——悪い知らせ？

だが、玲央の顔色に変化はない。特に動揺している様子もなかった。

奏多は背後に立ち、耳のそばで叫んだ。

「コーヒー飲みませんか！」

「うわっ！　何大声出してるの？」

びっくりした、と玲央は耳を押さえた。

「すみません。コーヒーが冷めると思ったので」

「ごめん、ごめん。もらうよ」

玲央はカップに口をつけると、美味しい、と呟いた。

特に様子に変化はなさそうだが、心なしか難しい顔をしている……ような、していないような、奏多にもよくわからない。

「何かあったんですか?」

「ううん、別に」

玲央はそう言うだけで、それ以上は説明してくれなかった。

「ああ……そうだ。奏多くん。突然だけど明日の午後、予定ある?」

「いえ、真鍋さんも明日は用があって来ないって言っていましたし、単発のバイトも入っていませんけど」

「だったら、一緒に行かない?」

「え、また旅行ですか?」


病院は消毒液のような、薬のような、独特の匂いが漂っていた。白衣を着た人たちは、皆忙しそうに行き来している。

四人部屋の病室の窓際のベッドには白髪の老人がいた。長期入院をしている高齢者。奏多の中で、痩せて小柄な人を勝手にイメージしていたが、ベッドの上で上半身を起こしている男性は、痩せてはいるものの、小柄ではなく、がっしりした骨格であることはパジャマを着ていてもわかった。

玲央の姿に気づくと、老人は優しい笑みを浮かべた。感情がダイレクトに伝わってくる。玲央が来るのを待っていた。と、その笑顔だけでわかった。

「よく来たね」

自分に向けられている言葉だと、奏多は最初わからなかった。だから黙っていたら、玲央に「奏多くん?」と、呼ばれた。

「え、あ……はい! あ、初めまして」

挙動不審になりながら慌ててした挨拶《あいさつ》は、染みついた体育会系気質の大声で、病院にはそぐわなかった。

しぃと、玲央が唇に人差し指を立てる。

「もう少し声は控えてね」

「す、すみません」

慌てて頭を下げると、「かまわん」と玲央の祖父は言った。

「どうせ、この部屋には今、自分しかいないから」

検査などに行っているのか、他のベッドに人はいなかった。

窓際に小さな丸椅子を二つ並べて、玲央と奏多は並んで座る。背中に窓から差し込む陽があたり、ポカポカと暖かい。

「今日はわざわざありがとう」

「いえ、こちらこそ、ずっとお世話になっているのに、ご挨拶が遅くなって申し訳ありませんでした」

「それは、こっちが詫びなければならない。お見舞いに来たいという奏多くんを、玲央に止めてもらっていたんだから」

確かに奏多は、何度か病院へ行きたいと玲央に頼んでいた。玲央を通じて家主である祖父の許可を得ているとはいえ、家に住んでいるのだ。病院が飛行機に乗らなければならないくらい遠い場所にあるならともかく、視鮮堂からアクセスも悪くない。だから、一度くらい挨拶をと思っていたが、玲央の祖父がそれを拒んでいた。

結果、奏多はこれまで会わずにいた。

「悪かったね。最初のころは具合も悪かったというのもあったけど、奏多くんに会いたくなかったわけじゃないんだよ。若い人がわざわざこんな場所に来ることもないと思ってね」

「いえ、全然。むしろ俺の方こそ、無理言ってすみませんでした。どんなのが住んでいるか、気になりませんでしたか？」

「ならないね。君を住まわせることは、玲央が認めたんだから」

「凄く信頼しているんですね」

「いや？」

間髪《かんはつ》を入れずに、お祖父さんは否定した。

それどころか、ニヤリとした表情で玲央を見ていた。

「この面倒くさい性格の孫が一緒に住んで良いと思う人なら、大丈夫だと思っただけだ」

「面倒くさい性格……」

奏多が横目で玲央の方を向くと、あからさまに落ち込んでいた。

「昔から、集団行動が嫌いでね。修学旅行へ行くときなんて、一週間前からブツブツ言っていたもんだ」

「そうなんですか？」

奏多が前のめりになると、横から玲央の手が伸びた。

「奏多くん、そんなこと聞かなくていいから！　お祖父ちゃんも、余計なことを話さないで」

玲央がいつもより子どもっぽい。奏多といるときは年長者で、兄のように頼れる存在なのに、祖父の前にいる今は幼さをにじませている。

「玲央さん、お祖父さんの前だと、何だか可愛い」

「そんなことないから」

慌てて否定するも、その姿がまた可愛い。

「玲央にいくら言っても、絶対認めないよ。コイツは結構、見栄っ張りなところがあるから」

「ああ……はい」

「奏多くん、はいじゃないでしょ」

奏多は少しばかりホッとしていた。普段見る玲央は——掃除以外はできるし、専門的な仕事もしていて、社会人として自立している大人だ。奏多が目標を見つけようとしてあがいている何十歩も前を歩いていて、どうやっても追いつけそうもない。

だけど、それは玲央の一面でしかないのかもしれない、と知れた。

「上手くやっているようで良かったよ。玲央も君といると楽しそうだしね」

玲央の祖父の言葉に、奏多は恐縮するしかない。自分の方こそお世話になってばかりで……そう、言葉を続けようと思ったとき、奏多のカバンの中でスマホが震えた。

親からの電話だった。しかも移動していて気づかなかったが、これまでに着信が五件ほど入っていた。

何かあったのかもしれない。

そんな不安が表情に表れていたのか、玲央が廊下の方を指さしていた。

「病室を出て右に曲がるとボックスがあるから、その中なら通話できるよ」

「すみません、すぐに戻ります」

「ごゆっくり」

連絡はいつもメッセージアプリを使っていたから、事故でもあったのかと不安になる。

玲央の説明通り、病室を出てすぐの右手に、駅前などでたまに見かけるようなボックスがあった。もっとも中に公衆電話はない。本当にただの「ボックス」だ。

奏多は急いで通話のボタンを押した。

「もしもし、母さん?」

『あ、奏多。良かったわー、出てくれて』

想像とは裏腹に、母の声に深刻さはなかった。

「何かあったの?」

『うん、ちょっと話しておきたいことがあって。鳴海《なるみ》ちゃん。大学合格したって』

「そう、それは良かったね」

鳴海は母の妹の娘で、奏多にとっては二歳年下の従妹《いとこ》だ。親戚の中では一番年齢も近く、小学生くらいまでは遊んだ。が、性別も違うため、奏多が中学にあがったころからは、滅多に顔を合わせなくなった。高校から地元を離れたこともあり、正月の挨拶くらいしか、した記憶がない。

めでたい話ではあるが、わざわざ電話で知らせることか？　と思った。

『でね、話によると、進学する大学は記念受験だったらしいの』

学校名を聞いて、思わず奏多は「すご」と、こぼした。スポーツ推薦で行った知り合いはいたが、一般入試では奏多の周りには一人もいなかったからだ。

「おめでとうって伝えておいて」

『そんなの、奏多が会ったときに言えばいいでしょ。二人とも東京の大学なんだから』

「そうだけど、新潟にいたときだって、ほとんど会わなかったんだから、こっちに来たからって、そんなに会わないと思うよ」

『それがね、鳴海ちゃん明後日そっちに行くから、一緒に不動産屋さんを回って欲しいのよ』

「はあ？」

だから何度も電話をしてきたのかと気づいた。奏多の都合などお構いなしに、話が進んでいる。

「もう少し早く動けばよかったのに。三月のこの時期に、良い物件はもう残ってないんじゃないの？」

『補欠合格だったから、連絡が来るとは思っていなかったの。こっちの大学の入学手続きだって、もう済ませていたんだけど、やっぱりその大学に行けるとなったらねぇ』

親が言いたいことは理解した。地元の大学が本命。しかし、まず無理だと思っていた大学から合格通知が届いた、ということだ。確かに大学名を聞いたら、奏多だってそっちを選ぶと思う。

「俺、物件探しなんてしたことないし、役に立たないと思うけど」

『そんなこと知ってるわよ。でも女の子一人より、番犬がいたほうが良いでしょ』

番犬の役割すら果たせるか怪しいが、一人っ子の従妹がやや過保護に育てられていたのは奏多の記憶にもある。

「ってか、それだけ心配なら、親が一緒に来ればいいんじゃ……」

『そうできればいいんだけど、同居のお祖父ちゃんの介護があって、すぐに動けないのよ。ショートステイに申し込もうとしたけど、明日明後日は空きがないんだって』

だったら、そのあとに……と思っても、四月には大学が始まる。すぐにでも物件探しに動きたい気持ちは、奏多にも理解できた。

『時間もなくて土地勘もないのに、すぐに物件を決めないとでしょ。女の子一人で東京にやるのを不安がっているし、近い親戚で東京にいるのは奏多だけなの。アンタ春休みで時間があるでしょ？　手伝ってあげて』

本音は断りたい。だけど、断りの理由を全方位で奪われた奏多は、はい、としか返せなかった。

電話を終えた奏多が病室の入り口に立つと、玲央と祖父の話し声が聞こえた。

「アメリカには帰らなくていいのか？」

奏多の足が止まる。思わず姿を隠して、耳を澄ました。

「ん……実を言うと、この前戻って来いと連絡が来たんだ」

詳しく聞いていないが、アメリカから来てすでに半年は日本にいる。今までそんな素振りは見せなかったが——。

「あ……」

奏多は先日の英語のメールを思い出した。何が書いてあるかは、さっぱりわからなかったが、長文の英文は、職場からだと思えば納得がいく。しかも玲央は最近、荷物を片づけていた。モノを散らかすことはしても、片づけられない玲央が、だ。

そう考えると、玲央はアメリカに帰る準備をしていたと考えるのが自然だ。オプトメトリストという仕事は、日本でも似たようなことはできても、同じことはできない。玲央の力を発揮するなら、アメリカに戻った方がいいことは奏多も理解している。でも……。

「奏多くんのことなら心配するな。卒業まで住んでもらって問題ないし、出たければ適当なアパートに移ってもらっても構わない。ちょっと古いけど、アパートを持っている知り合いが、空き部屋があるって言っていたから。最近は築浅じゃないと、人がなかなか入らないらしいし、いろいろまけてもらえるように交渉するさ」

「お祖父ちゃんにそこまでお願いするのは申し訳ないよ。もともと、僕が奏多くんを住まわせることにしたんだから」

「そんなことは気にするな。こういうことは、昔からの付き合いのあるやつが動いた方が話は早い」

「ありがとう」

ショックだった。心臓がバクバクしていた。奏多のいないところで、奏多の話が進んでいる。

もちろんそれが、奏多のことを想ってくれていることは理解している。だけど、奏多の意思はどこにもない。

悪気どころか、善意しかないのはわかっているのに、寂しくてたまらない。あの家に住んでいるけど、奏多は部外者で、その会話の中に入ることを許されていないのだと実感したから。

病室からはまだ話し声は聞こえてくるが、奏多はその場から離れた。自分の存在が迷惑になっていると思うと、いたたまれなかった。

廊下を歩く看護師や見舞客たちが、奏多に不審な目を向けている。

そんなにひどい顔をしているのだろうか。

「これから……どうしよう」

わかっているのは、玲央がアメリカに帰る日が近づいているということだけだった。


久しぶりに視鮮堂に予約が入り、玲央は急いだ様子で仕事から帰って来た。

病院で立ち聞きした会話が忘れられない奏多は、玲央の姿を見るたびに、問いかけたくなる。

だけど、アメリカに戻るのは玲央の自由で、奏多が口を出すことではない。モヤモヤとする気持ちを抱えながら、何とか平静を装っていた。

「今日のお客様は、どんな眼鏡をご希望なんですか？」

「んー……あ、必要な物はわかっているんだよ。僕の勤めている眼科に来ていたから。ただ、上手くいくかは……」

玲央の口ぶりから、どうやら難しそうな客らしい。

「それに今日は土曜日ですよね。普段、夜しかお客さんを入れないのに」

営業時間は基本、夜の七時以降となっている。だが今日は土曜日の午後。しかもまだ二時だ。

「お客様の都合に合わせただけだよ。時間帯によって見え方も変わってくるし、今回のお客様は、夜遅いのは難しいからね」

どういうことだろう?

「それよりこの箱、奥に持って行くよ」

大きな段ボール箱を両手で抱えて、玲央が店から居住部分の方へ行こうとしている。

「さっきからいったい、何をしているんですか?」

「見ての通り、片づけだよ」

「店内は片づけておいたつもりですが……てか、玲央さんが片づけているのって、眼鏡のフレームですよね?」

「うん、眼鏡があるとマズいから」

「眼鏡屋なのに?」

「それはあとで説明するから、とりあえずここをお願い。ショーケースの中とお祖父ちゃんのコレクションは布をかぶせて見えないようにして、とにかく眼鏡を隠して!」

言っていることが意味不明だ。でも玲央の慌てている様子から、奏多は今説明を求めるべきではないと察した。

奏多も手伝い、十分ほどで、店内にあった眼鏡に一応の目隠しをすることはできた。急場しのぎだから、かなり雑だが仕方がない。

「よし、あと二分で約束の時間だ」

玲央が時計を見た瞬間、「すみません、予約した松島《まつしま》ですけど……」と、三十代半ばくらいの女性が、店のドアから顔を覗かせた。遠慮がちに頭を下げている様子を見る分には、無理難題を言いそうな人には思えなかった。

よほど特殊な眼鏡が必要なのだろうか？

「ホラ、柊一《しゅういち》。早く入って来なさい」

「ヤダー！」

ドアの陰になっていて姿は見えないが、もう一人の声がした。子どもだ。

「ヤダじゃないでしょ。早く入りなさい」

女性から焦りが伝わってくる。切羽詰まっているような、追い詰められているような感じがした。

「ヤダってば。僕見えるから。痛くないから！　ママだけ行って！」

母親はグイグイ手を引っ張るが、男の子は必死に抵抗している。しかも声が凄く大きい。大きすぎる。近所から人が出てきそうなレベルに大きかった。

子どもの方は元気いっぱいで、奏多もこの状況を何とかしなければならないことだけは理解した。

「確保しましょうか？」

普段の玲央なら無理強いは止めるだろうが、これだけの準備をしたとなれば、事情があるはずだ。それにはまず、店に入ってもらわないことには始まらない。そして、眼鏡を作るうえで、玲央に悪印象を持たれたらやりづらい。

玲央の口から降参したようなため息がこぼれた。

「……申し訳ないけど、お願い」


松島柊一くんはもうすぐ小学校に入学する六歳の男の子だ。元気であることは、すでに十分わかった。

「物で釣るのは嫌なんだけどね」

玲央がボソッと、奏多の近くでささやいた。

柊一くんは今、手のひらサイズのラジコンカーで遊んでいる。店内の床を車が縦横無尽に走っていた。

「仕方ないですよ。真鍋さんに感謝です」

大声で叫んでいる柊一の声は、近所に住む真鍋の家まで届いていた。何事か、と玄関から顔を出した真鍋に、奏多は小脇に柊一を抱えて「店から飛び出さない方法、何かありませんか？」と聞いた。真鍋はすぐさまラジコンカーを貸してくれた。

「お孫さんが置いていったものだそうです」

「いいの？　借りちゃって」

「今は中学生のお孫さんが、小学校低学年のときに遊んでいたそうですから、壊れても構わないし、むしろこっちで処分してもらった方が助かるとのことです」

さすがに電池は入れ替えたが、ありがたいことに問題なく動いた。小さなラジコンカーを操縦するのはまだ六歳では難しいようだが、柊一は楽しそうに遊んでいる。

奏多は玲央に耳打ちをした。

「いいんですか？」

「何が？」

「借りてきた俺が言うのもなんですけど、ラジコンカーが当たると、家具とか傷がつきますよ」

ラジコンは子ども向けの物だから、サイズは小さめでスピードも遅い。だから、傷がついたとしてもそれほど大きなものにはならないだろうが、見ている奏多はヒヤヒヤする。

「ソファも片づけましょうか？」

「いいよ、少しくらい傷がついても。家具は使ってこそだし、お祖父ちゃんも気にしない人だから」

確かに、建物の床にも柱にも、細かな傷はある。だけど、それが傷みとしてではなく、味となって店全体を作り上げていた。

この店の居心地がいいのは、そんな時間を感じられるというのもあるかもしれない。

ソファに腰かけ、柊一の母親と向き合った玲央は、「さて」と、話を切り出した。

「本日は、先日の検査結果をもとに、眼鏡を作製ということでよろしいでしょうか？」

玲央の説明によると、柊一くんは就学時健診で弱視と指摘されたとのことだった。就学時健診は、本来なら十一月ごろに行われるらしいが、ちょうどそのときに、体調をくずしたり、親戚の葬式が入ったり、さらに年末年始になったことで健診の日程が合わず、遅れてしまったらしい。

母親はひどく申し訳なさそうに、うつむいていた。

「もっと早く私が気づいていれば、治療も開始できたのに、もう六歳になってしまったんです」

3歳児健診のときは、うまく測定できなかったことと、親も普段の生活で気づけずに六歳になってから診断が下されたという。

「もちろん弱視がわかってからは、すぐに行動しました。だけど眼科で再検査をするのも嫌がるし、眼鏡をかけさせようにも抵抗するし、近所のお店でも大暴れで……。でも人の言っていることがわからないような子じゃないんです。普段は元気すぎるくらい元気ですが、保育園でも先生が話すときは大人しく聞いています。お友達とトラブルになるようなこともほとんどありません。だけど、眼鏡は怖いって」

「眼鏡が恐い?」

奏多は思わず口をはさんだ。子どもだから眼鏡をかけたくない、というのは何となく理解できる。ただ、恐い、というのはよくわからない。

「それは、私のせいもあると思うんですけど……」

柊一の母親は、自分の眼鏡をはずして、長い髪の毛を耳にかけた。

「原因はこれだと思います」

母親の右目の脇、耳の近くに傷があった。眼鏡のフレームと、髪の毛に隠れていて気づかなかった。

「去年の傷ですけど、たぶんもう、完全に消えることはないと思います。あ、でも、もっときちんとお化粧すると、ほとんどわからないくらいになりますし、髪の毛で隠れるので、私はさほど気にしていないんです。ただ、この傷は私が転んだときに眼鏡が割れて切ってしまったからで。そのとき、血が出ているのを柊一が見て、トラウマになったらしく……」

不運が重なった結果で、怪我をした母親自身は、それほど気にしていない。だけど幼い子どもにとっては、眼鏡のせいで母親が怪我をした、と刷り込まれているようだ。

奏多は玲央に訊ねた。

「自分に眼鏡が必要だとわかるまで、待つことはできないんですか？」

「できない」

玲央にしては珍しく、言い切るような口調だった。

「どうしてですか？」

「柊一くんの目は、今すぐの治療が必要だからだよ。待っている時間はない」

「治療？　だったら眼科に……」

「もちろん、眼科との連携も必要になるけど、〝眼鏡をかける〟ことが治療の一つなんだ。できれば――もっと早く始めたかったくらいにね」

もっと早く始めたかった、と玲央が口にする瞬間、若干の躊躇が見えた。柊一の母親を気にしているようだった。

「そもそも奏多くんは、弱視ということを誤解していると思うんだけど」

「弱視って見えづらいことですよね？　近視と違うんですか？」

玲央がうなずく。

「確かに見えにくいという意味では同じだけど、一般的に言う〝目が悪い〟状態とはまったく違うんだ。近視は、近くであれば眼鏡がなくてもピントが合うし、眼鏡をかければ見えるでしょ」

「そうですね。じゃあ……？」

「弱視は、眼鏡やコンタクトを使っても、よく見えないんだ。ただし、子どもの弱視の場合、治療すれば治ることも多い。しかも早期に治療を開始すればそれだけ良くなる確率が高いんだ。ただ、どんなに遅くとも八歳くらいまでに治療を始めたいし、できれば、三歳くらいで始めることがベストだ」

玲央がさらりと言った「三歳」は、柊一にとってもう、三年も前のことになる。そしてこの三年という年月が、母親の様子から、かなり重いものだとわかった。

「ただ子どもの場合、見えてないから視力検査ができないのか、見え方に問題はないけど、幼いから視力検査そのものが上手くできないのか、ハッキリしないこともあって、柊一くんのように、就学時健診でわかることも珍しくはないんだ。だからわかった時点で、一刻も早く治療を始めたい」

「じゃあ、すぐにでも眼鏡を作らないと」

「それがさっきも言った通り眼鏡を嫌がるんです。病院での診察はなんとかしてもらいましたが、一般的なお店だとどうしても、たくさんの眼鏡が視界に入ってくるので、抵抗が激しくて。でもここなら、他の店で無理でも、対応してくれるんじゃないかって教えてもらったんです」

もはや眼鏡店の駆け込み寺のような感じだと、奏多は思った。

「柊一くんが来るときは、事前にお知らせいただければ、こちらはいつでも対応いたしますから、ご安心ください」

ありがとうございます、と言った母親の声が震えていた。

「それと、弱視治療用の眼鏡の購入に、補助が出ることはご存じですか？」

すでに用意していたパンフレットを、玲央が母親に渡す。

「はい、眼科で少し聞いています」

「すでにお持ちかもしれませんがこちらを」

奏多も玲央からパンフレットを渡された。

大人の眼鏡と違い、子どもの弱視治療用の眼鏡は、五歳未満は一年に一回、五歳から九歳の誕生日までは二年に一回、三万八千円程度の補助が出る、とある。それだけ必要性があるということだ。

「本当にもっと早く、私が気づいていれば……」

ここに来るまでも、母親は何度も自分を責めていたのだろう。見ていて痛々しかった。

奏多の母親も、奏多が怪我をしたとき、ずいぶん心配していた。奏多は日常生活で大きな不便もないし、すでに成人している。柊一に比べると、状況は大きく違うのに、病院に駆けつけてくれて、五日ほど都内のホテルに滞在した。

そんなことを思い出すと、この前の電話はちょっとぞんざいだったかも、と今ごろ反省する。

「では眼鏡を——」

玲央がソファから立ち上がると、柊一が駆け寄ってきた。

「ねー、僕もう、飽きたー。ママ帰ろー」

「来たばかりじゃない！」

「お母さん」

シッと、玲央が軽く息を吐くように、発言を止める。母親が焦るのはもっともだが、叱ったところで抵抗されるだけだ。

玲央が「お菓子食べる？」と柊一に声をかけた。

「いらない。お腹いっぱい」

「すみません、さっき……」

お母さんが申し訳なさそうに、頭を下げる。視鮮堂に連れてくるまでに、どんな攻防があったのか想像しかできないが、苦労のあとが滲んでいた。

柊一が母親のセーターの袖口を引っ張って、ドアの方へ向かおうとしていた。

「ねえ、野球見るんでしょ。約束したでしょ。早く帰らないと始まっちゃうよ？」

玲央が行く手を塞《ふさ》ぐようにドアの前に立った。

「柊一くん、野球見るの？」

「うん！　すっごく面白かった」

「まだルールもわかっていないんですけどね」

母親は苦笑しているが、柊一は目をキラキラと輝かせている。

「打って、投げる人、知ってる？」

細かい説明を省いていても、柊一の輝くような表情を見ると、投打の両方で最高のパフォーマンスを見せる選手のことを言っているのはわかった。

奏多は腰をかがめて柊一の視線を合わせた。

「もちろん、知ってるよ」

「カッコいいよね」

柊一が右手を思い切り振って、ボールを投げる真似をした。

「柊一くんは、ピッチャーになりたいんだ」

「違うよ！　どっちもしたいの。どっちもできると、超カッコいいから。悪いヤツをやっつけるよりもカッコいいから」

戦隊もののヒーローと比べているのだろうか。この年齢くらいの男の子にとって、ヒーローはキャラクターものかと思ったが、柊一のヒーローは実在する人物のようだ。

柊一はバッターボックスに立つ打者の真似をする。かきーん、と自分で効果音を付けた。

その様子を見て、奏多は柊一の構えに目が留まった。

「柊一くん、左打ちなんだ。右投げ、左打ち」

「そうなの？」

「今の構えだとそうだね。それもあの選手と一緒だ」

キラキラとしていた柊一の目がさらに輝く。

「本当？　じゃあ僕も両方できるね」

大人げないとは思いつつ、奏多はすぐには肯定しなかった。もちろん、否定するつもりはない。子ども時代の夢は、原動力になることは知っている。

ただ、このままでは難しいことも、奏多は知っていた。

「それはどうかなあ。ピッチャーもして、バッターでも結果を出すには、すごーく身体を大切にしないとだと思うよ。それには食べ物の好き嫌いをしないで、よく寝て、いつも元気でいられるように準備しないとかな。今の柊一くんだと、ちょっと難しいかもね」

「えー、なるんだよ。なれるから」

「うん、でもそうなるには、ちゃんとボールが見えないと、バットにボールは当たらないよ」

「そうなの？」

玲央が奏多と柊一の間に入ってくる。

「そうだよ。角膜形状、瞳孔間距離、視力など、左右差もない完璧な状態でなければ、素晴らしいパフォーマンスは発揮できないからね」

柊一が口をあけてポカンとしていた。

「玲央さん、説明が難しすぎます」

六歳相手に、何を言っているのやらと奏多は呆れる。

玲央はコホン、と一つ咳払いをして「よく見えるってことだよ」と、言い直した。

柊一の表情が曇った。それまで元気いっぱいだった柊一の肩が落ちる。小さい身体が、一層小さくなったようだった。

玲央が柊一の頭にポンと、手をあてる。

「今の柊一くんの目は、右と左で見え方が違うんだ。片方の目はぼんやりしていない?」

「……する。僕だけ友達と違うんだ。みんなが見えてるのが、僕だけわからなかったし」

絞りだしたような声は、少し震えていた。明るく振舞っていた柊一だったが、やっぱり怖かったのだ。

母親が「保育園の園庭で遊んでいるときに、一人だけ反応できないことがあったみたいです。先生から聞いた話ですが」と補足した。

「眼鏡をかければ、柊一くんが見ているものが、今よりも、もっと綺麗に見えるよ」

玲央が柊一にもわかる言葉で大切なことを伝えた。だが柊一は泣きそうな一歩手前の顔で黙っている。

ある日突然見えなくなったのとは違い、もともと見えにくいから、柊一にとっては、それが日常だ。だけど、人との違いがわかるようになってくると、自分だけが見えていないことに気づく。成長とともに、それが顕著になっていくのだろう。

眼鏡が嫌で逃げ回っていたとはいえ、柊一も何か感じていたのは間違いない。

「僕たちの目はね、右と左、両方の目で一つの物を見ているんだ。特に、動いているような野球のボールは、その二つが上手く使えないと捉えることは難しくなる」

どうしても目の話になると、子ども相手でも難しい言葉を使ってしまう玲央に代わって、奏多は横から「ちゃんとバットにボールを当てるのが難しいってことだよ」と言い直した。

「じゃあ、僕にはできないの?」

玲央が微笑みながら首を横に振った。

「それを見えるようにするために、これから治療をするんだ。眼鏡をかけるのもその一つ。野球だけじゃなくて、サッカーやテニスや、いろんなことをするためにね」

「でも眼鏡って壊れるでしょ?　ボールが当たると壊れちゃうでしょ?」

「使い方によっては、壊れることはある。でも、壊れにくい眼鏡もあるよ。心配なら、野球をするときだけゴーグルをしても良いし」

「ゴーグル?」

「うん、ちょっと待ってて」

玲央は一度姿を消し、すぐにゴーグルを持ってきた。ただし大人用だ。

「このお店には今はないけど、子ども用のゴーグルもあるし、なくても野球ができる眼鏡もあるから、安心して」

「でも……みんな、眼鏡なんてしてない」

奏多はたまらず口をはさんだ。

「そんなことはない！　眼鏡の野球選手もいるよ！　サングラスをかけている選手もいるし。大丈夫、眼鏡をしていても、野球はできるから。俺も……したから！　玲央さんに眼鏡を作ってもらって、野球できたから。だから諦めちゃダメだよ」

「じゃあ、お兄ちゃん、僕に野球教えて?」

「え……」

「お兄ちゃん、野球したことあるんでしょ?」

「ある……けど」

「だったら一緒にやって」

そう言われるとは思っていなかった奏多は、言葉に詰まった。だけど……嫌なわけでもないし、初心者の子どものボールなら、今だって打てないはずはないだろう。

「それには柊一くん。まずは眼鏡を作らないと」

奏多の代わりに玲央が答える。母親が柊一の肩をつかんだ。

「お願いだから、早く眼鏡を作って。そうしたら、バットでもグローブでも買ってあげるから」

「僕が眼鏡をかけたら、お兄ちゃん、一緒に野球やってくれる？」

「えっと……」

「ダメ？」

ここで嫌といったら、柊一はどうするだろうか。

懇願《こんがん》するような視線を向けている母親の前で、奏多は拒否できなかった。

「うん……そのうちね」

「わかった！　じゃあ、眼鏡かけてもいいよ」

母親は身体から力が抜けたのか、その場にしゃがみこんだ。

その様子を見ながら奏多は、玲央に眼鏡を作ってもらったのに野球を辞めた自分が、柊一に偉そうなことを言えるのだろうかと思っていた。

渋々付き合った従妹のアパート探しではあるが、奏多にとっては行って良かった。これまで高校の寮から大学の寮、さらに玲央の家への引っ越しと、一度もアパートを探したことなんてなかったからだ。

しばらく顔も合わせていなかった間に、従妹はすっかり大人びていた。気合の入ったメイクと、かかとの高いブーツ。そしてミニスカート。親が心配で奏多に同行させたのは、その姿を見てよくわかった。

とはいえ、すでに家賃の相場を調べていたらしく、不動産会社へ行っても奏多がすることはない。しかも女子大生が一人暮らしをする、小綺麗でオートロック、二階以上、カメラ付きインターフォン、駅から徒歩十分以内などといったアパートは、奏多の希望する家賃とは永遠に交わることはない。

あまりにも退屈そうにしているのを気の毒に思ったのか、不動産会社の人は、貧乏男子大学生向けの物件情報も出してくれた。トイレと風呂が一緒、キッチンも広さを求めず、築年数にこだわりもない。もちろん奏多だって新しいに越したことはないが、それよりも家賃の安い物件を求める。

想像よりも丁寧に対応してくれたのは、付き合わされている感アリアリの奏多を、不憫に思ったからかもしれない。

「時期が時期ですから、条件の良い物件はすぐに決まってしまいますが、お客さんが望む物件は、比較的見つけやすいですからね。むしろ、エリアは絞ってもらった方が、こちらもご紹介しやすくなりますよ」

ちょっと考えます、とは言ったものの、三つほど紹介してもらった物件は、どれも格安だった。ワンルームでキッチンのコンロは一口。風呂とトイレが一緒。木造の一階で築年数は三十年超。駅から徒歩十五分。

並べられた条件を見た従妹は「無理」と心底嫌そうな顔をした。

「鳴海が住むわけじゃないし」

「そうだけど、そんなところじゃ、彼女も呼べないよ？」

内見はせずとも、間取りと添付の写真を見ただけで、そう判断したらしい。

「別にいいよ」

「あ、そうか。そもそも彼女がいないから、気にしないんだ。ゴメン」

「……さっさと、自分の部屋を決めろ」

外見と同じくらい、口もクソ生意気に成長していた。とはいえ、歯に衣着せぬ物言いは、遠慮がない間柄だからだろう。

「俺にとっては、これだってギリギリだよ。もともと学費を払わない予定で進学したんだから」

「あ……ごめんなさい」

親から奏多の事情は聞いていたのだろう。鳴海はすぐに謝った。

素直なのは昔からだ。生意気になっても、そこは変わっていなかった。

「いいよ別に」

鳴海はもう一度、ゴメンと謝った。この素直さがあるから、一緒にいるのは嫌ではなかった。

「でも伯母《おば》さんから、知り合いの人の家に住まわせてもらっているって聞いたよ? 家賃タダで」

「全部話が通じているんだな……そうだよ」

「それなのにアパート探すの? 卒業まであと二年でしょ。そこに住まわせてもらえないの?」

奏多が願えば住めるだろう。追い出すようなことはしない人たちだ。それくらいはわかっている。

だけど、玲央がいなくなったあの家に住む理由はない。もともと、そう長く住むつもりはなかったのに、思いのほか居心地が良くて、気がつけば二年生も終わろうとしていた。

「いつまでも、甘えるわけにはいかないから」

奏多がそう言うと、鳴海は黙って、自分の物件情報を見ていた。

窓に打ち付ける雨が、一時間前よりさらに激しくなった。

時計を見て時間を確認した奏多は、再び窓の方を向く。

「天気予報通りだなあ……」

台風並みの暴風雨に、通りを行き交う人たちが、傘《かさ》を吹き飛ばされそうになりながら、前かがみで歩いている。とはいえ、傘の役目などほとんど果たしていない。足元が濡れるのは当たり前で、吹き荒れる風は四方八方から雨を降らし、背中はシャワーを浴びたかのようになっていた。

ビリビリと窓を揺らす風は、時折うねりをあげる。子どものころは、嵐になるとワクワクしたが、さすがに今は心配の方が大きかった。

「玲央さん、どうしたんだろ」

二時間前、玲央にメッセージを送った。ちょうど仕事が終わるくらいのタイミングで送信したが、いまだに読んだ形跡がない。

送った内容は他愛もないことだ。玲央が使っているシャンプーがなくなっているから帰りに買ってきた方がいい、という内容だ。毎日、風呂上がりに「またシャンプーを買ってくるのを忘れた」とボヤいていたからだ。残業している可能性がないとは言えないが、警報が発令された今、それも考えにくい。交通機関が止まって帰れなくなったとしたら、それこそ連絡してくるだろう。

奏多はカウンターの中に入り、郵便物の整理を始めた。

「何もないといい――」

バタンと、勢いよく店のドアが開く。一瞬、風のせいかと思ったが、違うことはすぐにわかった。頭からずぶ濡れの玲央がいたからだ。

「うわっ、玲央さん、どうしたんですか」

「どうもこうも、見ての通り。途中で傘が壊れてね。新しい傘を買ったところで、どうせまた壊れるだろうと思ったから、諦めて濡れることを選んだんだ」

奏多は大きめのタオルを持ってきて、玲央の頭にかけた。

「とりあえず、このままだと冷えちゃいますから、すぐ風呂に入ってください。あ、シャンプー買ってきました?」

「シャンプー? あ! そうだった。もうなかったんだ」

どうやら玲央はメッセージを読んでいなかったらしい。入院中の祖父のこともあって、チェックだけはこまめにする玲央にしては珍しいことだった。

「俺ので良ければ使ってください」

奏多が使っているシャンプーは、ノーブランドの激安の品だ。値段で選ぶから、その都度メーカーが変わる。ボトルは変わらないのに、中身だけいつもバラバラだ。最初のころ、玲央のシャンプーを使っていいと言われたが、さすがにそれは気が引けて、自分用を用意した。

髪の毛が太目な奏多は、どれを使っても大した違いはないが、細く柔らかい玲央の髪に合うだろうかと不安になる。

「それにしても遅かったですね」

着ていたコートを脱いだ玲央は、タオルで頭をふいていた。

「うん、ちょっと買い物していたから」

「こんな雨なのに？」

「こんな雨だからだよ。壊してしまったんだ」

「何を、ですか？」

バツの悪そうな表情をした玲央は、カバンから何か取り出した。何なのかわからないのは、ビニール袋にグルグル巻きにされているからだ。

「スマホ、壊したんだ」

「えー？」

「手が濡れて、スマホが滑って車道に転がったところに車がこう」

左手に持ったスマホの上を右手が滑るように動く。

「ひとたまりもなかった……」

「お……疲れ様です」

奏多が送ったメッセージを読んでいなかったことも、悪天候の中でも買い物をしてきた理由も納得した。

玲央の肩が落ちている。ショボンとうなだれていた。

「お客さんの情報はパソコンの方にデータがあるけど、個人的な連絡先は全部スマホの中なのに、バックアップも何も取っていなくて……。スマホに頼り切っているから、連絡先がわからなくなってしまった人もいるし困っているよ」

「昔使っていた携帯が残っていれば、ある程度は何とかなるって聞いたことがありますよ！　それよりまずは風呂です。すぐに温まってください。話はそれからです」

まだスマホを気にしている玲央を風呂の方へ押しやると、奏多は脱ぎ捨てられたコートを手にした。

「すげー、びちょびちょ」

水を含んだコートはひどく重い。玲央がいた店の床には水たまりができていた。

絞ると皺になりそうな玲央のコートは、タオルをあてて水気を取る。生乾きの状態でハンガーにかけてから、床を拭くことにした。

「こうなったら、全部拭くか」

掃き掃除はしていても、拭き掃除はめったにしない。さほど広くない店だ。すぐに終わるだろうと、奏多は雑巾《ぞうきん》がけを始めた。

「モップが欲しいな。今度買ってもらおうかな……」

ふと思うのは、自分はいつまでここにいるのだろうということ。

今のところアパートは、内覧を悩んだまま、三日ほど経った。

玲央がこの先どうするのか。

聞けば答えてくれるだろうとわかっていても、聞いてしまったらこの生活が終わる日を知ってしまいそうで身動きが取れずにいる。

トゥルルルル……。店の電話が鳴った。

予約はネットか玲央の携帯にくるため、店に電話がかかってくることはほとんどない。だからここにくるのは、玲央の祖父宛てか、何かの勧誘か、間違い電話の類だ。

何だろう？　そう思いながら、奏多は受話器を手にした。

「はい、視鮮堂です」

「Hello. This is Rachel Wilson speaking」

「は？　え、あ……Just a moment」

突然外国語で話されても、奏多には対応できない。いや、突然でなくても話せない。

ただ相手の第一声で、英語だろうということはわかった。そして、ちょっと待ってという言葉だけは、何とか出てきた。

奏多が保留ボタンを押すと、メロディが流れる。

「電話?」

頭からタオルをかけた玲央が、住居の方から店に顔を出した。

「もう風呂から上がったんですか?」

「ゆっくりしたよ」

時計を見ると、三十分は経っていた。

「それより電話は?」

「そうでした! 玲央さん宛だと思います」

「誰から?」

「わかりません、でも英語です。女性でした」

電話も満足に繋げないバイトってなんだよ、と奏多が自分を情けなく思っていると、玲央は気にしなくていいとでも言いたそうに、軽く微笑んでから電話に出た。

「This is Reo Amamiya speaking. How can I help you?」

流暢《りゅうちょう》な英語だった。

アメリカの大学を出て、現地で勤めていたら当たり前のことではあるが、玲央が英語を話している姿を、奏多は初めて見た。

やはり玲央の知り合いらしい。奏多には会話の内容はさっぱりわからないが、親しい相手だということは、話している雰囲気から察せられる。ただ、同じ声なのに言葉が違うせいか、いつもの玲央とは別の人のように感じた。

しばらく話してから、電話を切った玲央は「アメリカにいる知人だよ」と言った。

「親しい人……ですか？」

「うん、大切な人だね」

声の感じは若い女性だった。

「玲央さんをアメリカで待っているとかだったり……」

「そうだね。向こうに戻ったときの約束があるから。その催促みたいな電話だったんだけど、相変わらず元気だったな」

相手を思い浮かべている玲央は、どこか嬉しそうだ。楽しそうと言ってもいい。

何より玲央は「戻ったとき」と言った。やはりアメリカに帰るのは決定事項らしい。

「そういえば、柊一くん明後日来るよ。眼鏡が完成したから」

「俺、明後日は別のバイトを入れちゃって……」

以前からたまに、単発のバイトを入れていたが、急遽人手が足りないとメールが来たため、それに申し込んでいた。

客が来ることが少ない視鮮堂なのに、こんなときにいないなんて、ここにいる意味がないじゃないか。

奏多がそう考えると、玲央は明るく言った。

「大丈夫だよ。もう、眼鏡はできているし、調整だけだから僕一人でも十分。お母さんも付いてきてくれるしね」

「……すみません」

「ただ、柊一くんは残念がるだろうね。お母さんの話では、奏多くんに遊んでもらえると思っているみたいだから」

「俺には何もできませんよ」

そう、奏多にできることはない。奏多に与えられた役割は、掃除と片づけ、あとは近所の人との交流だ。

でもそれも、玲央の祖父が帰ってくれれば必要ないことだ。

ああ、やっぱり俺がここにいる理由はないな、と思った。


柊一が眼鏡を受け取った翌日。朝食の席で奏多は、アパートを探していることを伝えようか悩んでいた。できれば昨夜のうちに話したかったが、予定よりもバイトが長引いたため、帰るのが遅くなってしまった――というのは建前で、言いにくいことを後回しにしたというのが本当だ。

とはいえ、いつまでも黙っているわけにもいかない。最初の一言が出てくれば、あとは勢いに任せられるだろう。

奏多は景気づけに、コップの中の牛乳を一気に飲み干した。

「柊一くん、やっぱり奏多くんに会いたがっていたよ」

奏多が口を開く前に、玲央が話し出してしまった。

「……そうですか」

「用があるって言っておいたけど、また来るかもね」

「眼鏡、素直にかけてくれましたか？」

「うん。初めてのことだから抵抗はあったようだけど、嫌がったりはしなかったよ。頑張っていた」

「治るといいな」

「そうだね」

玲央の話では、六歳からスタートする弱視の治療は、どこまでできるかはわからないという。ただ柊一の場合、発見が遅れるくらい……つまり、程度としてはそれほどひどくはないらしい。個人差もあるため、六歳から治療をスタートしても、生活に支障がないところまで治る子どもも少なくないとのことだった。

「ただね、弱視治療の目的は、矯正視力……すなわち眼鏡やコンタクトレンズを使用して見えるようになることなんだ。中には、完全に必要なくなる子もいるけど」

「それでも、大人になれば眼鏡を使う人は少なくないですし、特に問題はないと思いますけど」

「うん。でも、メジャーで大活躍する選手になるのは難しいかなって」

真顔で言う玲央に、奏多は口に入れたハムをよく嚙《か》まずに飲み込んでしまった。急いで、近くにあった水に手を伸ばす。

「だって、僕が柊一くんに言ったことは本当なんだよ。記事で読んだだけだけど、二刀流をしている選手の目は完璧なんだって」

「それを言うなら、日本人離れした体格とかもそうなりますけど……」

どう考えても話が飛びすぎている。それに、目さえ良ければすべての人がその場所を目指せるわけではない。超天才が超努力をした結果だ。

「柊一くんがどうなるかは、俺にはわかりません。なれるとは言えませんし、だからといって、絶対になれないとも言えません。まだ、何も始めていない子どもの可能性は、俺たちが考えても仕方がないと思います」

たくさんの可能性がある柊一が羨ましい。少なくとも、奏多はその夢をつかむことはできないのだから。

とはいえ、今はアパートのことだ。

今度こそ、と決意を新たに、奏多は口を開いた。

「あの！」

「そういえば、今日アメリカに戻るから。あ、ゴメン。奏多くんの話を遮っちゃったね。何？」

奏多は耳を疑った。今聞いたことが、何かの間違いにしか聞こえなかった。

「いやいや、何じゃないですよ。すっごい、サラッと言いましたけど、今日戻るって何ですか？　アメリカって、あのアメリカですよね？」

「うん、他にアメリカがあるかわからないけど、たぶん、そのアメリカ。お昼のフライトだから、食べたら出るよ」

「眼科の仕事は？」

「あれ？　言ってなかったかな。先週辞めたよ」

アメリカに戻ると口にしたときよりも、もっと軽く言い放った。

「もともと短期の約束がここまで延びただけだから。昨日、奏多くんと話をしようと思っていたんだけど、帰ってくるのが遅かったでしょ」

こんなことなら、昨夜のうちに玲央の部屋に行けばよかったと、奏多は頭を掻《か》きむしりたい気分になった。

「……お祖父さんは？」

「ちゃんと話し合ったよ」

何もこんな急に、と思ったが、よく考えれば以前から計画されていたことだったのだろう。奏多がお見舞いに行ったのは一度だけだったが、玲央は頻繁《ひんぱん》に訪れていた。話す時間は十分にあったはずだ。

奏多は膝の上でギュッと拳を握った。

「俺が何の役にも立たないから」

「そんなことないよ。いつも家を綺麗にしてくれているし、真鍋さんたちとも上手くやってくれているでしょ。助かっているよ」

「そんなの、俺じゃなくてもできます」

「そうかもね。ただ……」

奏多の頭にカッと血が上った。

玲央の言葉を遮り、イスから勢いよく立ち上がる。

言っちゃダメだ。それを口にするな。そもそも、俺に腹を立てる権利なんかない。わかっている。勝手な……すべては自分勝手な感情だ。でも――。

「俺、引っ越します！」

言ってしまった。止められなかった。

あっけに取られている玲央は、目を何度も瞬かせてポカンと口を開けていた。

財布もスマホも、鍵すら持たずに、奏多は視鮮堂を飛び出した。

そのことに気づいたのは駅に着いたときで、結局すぐに引き返すことになった。だけど、玲央とは顔を合わせたくない。

店の入り口が見える場所を物陰から見ていると、大きなスーツケースを持った玲央が視鮮堂のドアを開けた。

入り口の前でしばらく悩んだ様子の玲央は、駅の方へは向かわず、近くの真鍋の家へ行った。

奏多が鍵を持っていないから、真鍋に預けるのだろう。

ごめんなさい、と今すぐに謝りたかったが、それはできなかった。

今玲央の顔を見たら、「もっと話したいことがあった」と言ってしまいそうだったから。そして仕事のことも、アメリカに帰ることも、黙っていられたことを責めてしまいそうだったからだ。奏多に責める理由なんてないことは理解していても、納得できない。

飛行機の時間が迫っている玲央は、玄関先で真鍋に別れを告げて、キャリーケースを引きながら、駅の方へ歩いていった。

奏多は玲央の姿が完全に見えなくなってから、真鍋の家のチャイムを押した。

「入れ違いだったのか。もうちょっと早く帰ってくれば良かったのに」

真鍋は玲央から、どう説明されていたのかわからないが、普段と様子は変わらなかった。

「ちょっと、出ていただけなので」

「鍵を忘れて家を出るなんて、オッチョコチョイだな。大事な物は持っていかないと困るだろ」

「ホント……そうですね」

「玲央がいないんだから、気をつけるんだぞ」

ホレ、と渡された鍵は、普段玲央が使っていたものだった。そういえば、奏多の鍵は部屋に置いてあるカバンの中だ。

玲央の鍵には、福井に行ったときに買った、眼鏡のモチーフのキーホルダーがついていた。

「もういらないからかな」

「ん?」

「いえ、ありがとうございました」

奏多は、自分ももうすぐ出て行くことになると思いながら、視鮮堂のドアを開けた。

店のカウンターには、出しっぱなしのハサミが置いてあった。

「あれほど、使ったら元の場所にって言ったのに」

奏多は文房具を入れている引き出しにハサミを戻した。

もう、自分の役目は終わりだと思った。


玲央がアメリカに帰ってから二日後。奏多は突然、坂野に呼び出された。前回、眼鏡を作るのに付き合ってから、大学が春休みということもあって会っていなかった。

三月中旬にしては、春を通り越して初夏レベルの暖かさになったこの日、少し歩くと、汗ばむくらいの気温だった。コートを着てきたことを、奏多は少し後悔した。

待ち合わせの駅に行くと、坂野はすでに待っていた。よほどの寒がりなのか、綿入りの分厚いロングコートを着ている。

奏多の姿を見るなり、人差し指でわざとらしく眼鏡のフレームに触れてドヤ顔をした。

「似合うか?」

この前作った眼鏡だ。お昼の駅前で、何をやっているのかと思った。

「ああ、似合う似合う」

「適当過ぎるだろ」

「だって俺、この前見てるし」

「それはレンズ入れる前に試したときで、完成したものができる前に帰ったから、見てないだろ」

付き合いたてのカップルでもあるまいし、そこを指摘する相手ではない。奏多は横目で坂野を見ると「良いんじゃね？」と言った。

「やっぱり適当だな」

悪くはない。というか似合っていると思う。でも今は、何だか眼鏡を見るとどうしても余計なことを考えてしまって、そっけない態度しか取れなかった。

「そういうのは、彼女に褒めてもらえ」

「まずは彼女を作るところからになるんだぞ？　褒めてもらうまでに時間かかり過ぎるだろ」

「じゃあ、母親にでも見せろよ」

「かーちゃんじゃヤだよ。それって、バレンタインデーに誰からももらえなかったけど、母親から唯一もらうチョコレート並みに悲しいことじゃないか」

妙な例えだが納得してしまった。確かに褒められても、親の欲目が強すぎて、素直に受け入れられない。

「まあでも、奏多に一緒に行ってもらって良かったよ。やっぱり一人で行って店員さんにいろいろ勧められると、決めきれないからさ。奏多の居候先の人にもお礼を言っといて」

「……無理」

「え？　どういうこと」

奏多が黙っていると、また質問が飛んできた。

「喧嘩でもしたのか？」

「じゃないけど……出て行ったから」

「どうして？　その場合奏多はどこに住むんだ？　今のところにいられるわけ？」

「アパートに引っ越すよ。もう決めてきた」

「いつ？」

「再来週くらいかな。入居者がいてまだ入れないから」

実際は審査中だ。ただ、これまで家賃滞納などはないから、審査は通るだろうと、不動産会社の担当者からは言われている。

「へえ、まあ一人の方が気楽か。引っ越したら遊びに行くな」

「来てもいいけど、何にもないよ」

築三十三年の木造住宅で、一応トイレと風呂は付いているが、キッチンはお湯を沸かす以外何ができるかと思うくらい狭い。しかもそれで、駅から徒歩十五分かかる。特急はおろか、急行も停まらない。メリットと言えば、通学距離が今より短くなることだけだった。

そんな悪条件でも、家賃、光熱費等を考えると、視鮮堂に住まわせてもらっているよりも出費はかさむ。引っ越す方がデメリットは多い。それでも、一人暮らしを始めるしかなかった。

「カノジョでもできたか？」

「ボロアパートに来る女子がいるか？」

とはいえ、家賃と初期費用は安いし、その場所なら、バイトで何とか生活できるはずだ。大学生活も残り二年。就職は地元に帰るか、東京に残るかはまだ決めていなかったが、どちらにせよ、金に余裕ができたら引っ越せばいい。

「それより、こんなところに呼び出してどうしたんだ」

大学の最寄り駅でも、視鮮堂のそばでもない。

「説明はあと。付いて来いよ」

坂野が奏多の肩に腕を回す。普段はこんな持って回った言い方はしない。何かあるなと思った奏多が坂野の足元に目を向けると、その答えがあった。

「あのなあ……反則だろ」

「え？」

「ロングコートを着ていても、足元は隠せてないんだよ。しかも今日、相当気温が上がったのに、そんな分厚いコート着ているなんて、不自然すぎる」

普段はデニムのパンツばかりな坂野が、ジャージのズボンをはいていた。本気で動く格好だ。そして坂野がするスポーツは一つしかない。

「……この近くにグラウンドがあったな」

坂野の顔が引きつった。

「え?」

「前に、部活で使ったことがある」

怒りなのか、戸惑いなのかはわからないが、奏多の声が低くなった。

「え――……大学のグラウンドは?」

「芝の張替え作業で使えなかったんだ――って、それは良いんだよ。いったい何を考えてんだ」

「何って、そりゃ、奏多と一緒に野球がしたいなーって」

「これじゃあ騙《だま》し打ちじゃないか」

「そういうけど、本当は野球をしたいんだろ。上手くできるかどうかなんてわからないけど、楽しめばいいじゃん。奏多は今でも走れるし、投げられるんだから」

「でも、打てないかもしれないだろ!」

「仮にそうだったとしても、何が困るんだ?」

「それは……」

「そりゃ、俺だって試合で負ければ悔しいよ。でも負けたところで、その先に何があるってわけじゃないんだよ。そりゃ上手くなりたいって気持ちがないとは言わないけど、それ以上に、楽しむためにやっているんだから、三振してもゴロを打っても、楽しければいいんだよ」

坂野は、道行く人たちの視線など気にせず、声を張り上げる。怒っているのは奏多の方なのに、坂野の方が興奮していた。

「そんなの無理だよ！　俺は今まで、そんな風に野球をしたことなんてないんだから」

「だから、これからすればいいだろ。そうじゃなきゃ、何のために野球用に作ってもらった眼鏡をずっとかけているんだ？」

「――え？」

「そんな、スポーツタイプの眼鏡じゃなくて、もっと普通のでも良いだろ」

「フレームを変えたら、今のレンズが合わなくなるかもしれないから……」

「そうかもしれないけど、奏多はそれを確かめたのか？　あえて、そのまま使っていたんじゃないか？」

「そんなこと……」

そこまでは考えていなかった。新しいフレームにすると、金がかかるというのが一番の理由なのは間違いない。ただ玲央は別の眼鏡も楽しんでみれば、と言っていた。それはこの眼鏡にこだわらなくてもいい、ということかもしれない。

だけど奏多は……。

「なあ奏多、一緒にやろう。野球で遊ぼう」

「野球で遊ぶ?」

「そうだよ! 誰だって最初はそんなものだっただろ。俺らが野球を始めたころって、遊びの延長だったんじゃないか? そもそも野球って、ボールを使ったゲームだろ」

坂野の言葉が、すとんと奏多の中に落ちた。

最初は遊びだった。自転車を乗り回したり、テレビゲームをしたり、それと同じように考えていた。柊一くらいのころは、バットを振るのも、ボールを追うのも、投げるのも楽しくて、一つのプレーが上手くいくと、ただただ嬉しかった。

そのうちに、勝つ喜びを感じるようになった。もっと遠くまで投げるには、もっと打球をミートさせるには、もっと走塁が上手になるには。

そのための努力は時として苦しくなり、そのうちなぜバットを振っているかを忘れていたのかもしれない。

「俺なんかはもう、高校の途中から、勝つことを諦めて楽しんでいただけだから、奏多の気持ちを理解することはできないかもしれないけど、スタートの気持ちならわかるぞ。それだけは同じだったって言えるからな」

力強く言い切る坂野が奏多の腕をつかむ。

「どうしても無理だと思ったら帰っていいからさ、ちょっとやっていけよ」

坂野は白い歯を見せて笑う。笑っているのに腕は少し震えていて、だけど奏多の腕に食い込む指は力強い。帰っていいと言うわりには、離すつもりはなさそうだった。

「せっかくやるのに、ちょっとなのかよ」

奏多は泣きそうだった。そうか、俺はずっと、辞めるつもりのないことから目を背けていたのか、と思った。


「大丈夫か？」

坂野が心配そうな顔で、奏多の方を見ていた。

「平気だよ。かすり傷だし」

最後のクロスプレーで、顔を少し切ったが、血もほとんど出なかった。治療も消毒して終わり。数日で治るだろう。

「それより、すっげー面白かった」

奏多は自分でも意外なほど、楽しんでいたことに驚いていた。

坂野は少し呆れた感じで笑っている。

「最初はあんなに嫌がっていたのに」

「ゴメン」

「謝る必要はないよ。俺も奏多があんなにマジになるとは思わなかったけど」

「うん。何ていうか……始まったらあんまり悩まなかったというか、純粋にどうやればバットにボールが当たるのかを考えて、何をすれば勝てるのかと作戦を立てて、それだけだったなあ……。そりゃ、前と同じには見えなかったんだけど、いざバッターボックスに立ったら、今の状態でできることをするしかないし」

うんうん、と坂野は首がもげるかと思うくらい強くうなずく。

「誘ってくれてありがとうな」

「俺が奏多と一緒に、やりたかっただけだよ」

坂野は照れ臭そうにしながら「またやろうな」と素振りをするマネをした。

駅で別れて、奏多は視鮮堂へと帰った。

視鮮堂のドアの前で、奏多はカバンから眼鏡のキーホルダーがついた鍵を取り出す。玲央が真鍋のところに預けたものを、奏多はそのまま使っていた。

「ただいま」

もちろん返ってくる声はない。もともと、仕事で玲央が夕方にいることはめったになかったが、それでもいるときは「お帰り」と言ってくれた。

誰もいない他人の家。それももうすぐ終わりだ。

荷物の少なかった奏多の荷造りは、それほど時間はかからない。明日引っ越せと言われても、一時間もあればすべて片づけられるくらいにしてある。

ただ、柊一との約束だけは気になっている。曖昧な約束は、果たせなかったところで問題はないが、騙すようなことはしたくなかった。それに今なら、奏多も柊一に野球を教えられる。気持ちだけは。

「イテテ……」

肩を回すと筋肉が張っていた。準備運動もソコソコに、すぐにプレーをしてしまったせいだろう。半年ぶりの野球は、身体全体に疲労が残り、重さを感じる。ただ、身体の疲れは心地よい。反面、気持ちの方が沈んでいた。

店内のソファに座った奏多は、テーブルの上に眼鏡を置いて「どうしよ」と呟いた。目をつむると、数時間前の出来事が、映画を再生するように頭の中に流れてくる。

奏多たちのチームは序盤に一点を取られたまま、最終回を迎えた。そしてツーアウトの場面で、奏多に打順が回ってきた。二塁には同点のランナーがいる。長打が出れば同点。ホームランなら逆転だ。とはいえ、想像していたよりもピッチャーのレベルが高かった。聞けば、高校時代にエースで四番。しかも地区大会の準決勝まで行ったというのだから、たとえ以前のようにボールが見えていたとしても、半年ぶりの奏多には、打つのは難しかっただろう。

すでに三打席バッターボックスに入り、四球とフライとセカンドゴロだった奏多は、ホームランは諦めていた。だったら、何としてもヒットを打って、二塁ランナーをホームに返す、そう思いながらバッターボックスに立った。

一球目はストライク、二球目はボール。三球目はファウル。

ゲームも最終盤だというのに、それほど球速が落ちていなかった。

「っとにもう、憎たらしいなあ」

このままでは打ち取られてしまう。カウントはワンボール、ツーストライク。今さらバントはできない。何としても当てなければ。

奏多は少しバットを短く持った。ライトの守備はあまりうまくない。上手くそっちへ飛んでくれれば……。

球速は落ちていなくても、同じ投手が投げ続けたことでクセはつかんでいた。

相手のピッチャーの得意な球はカーブ。変化も大きく、良いコースに入ってくる。その代わりこの日は、ストレートのコントロールはよくなかった。他の球種も投げてはいたが、ほとんどはその二つでピッチングを組み立てていた。

カウントはピッチャーに有利。まだ、積極的にストライクを取りに来る必要はない。バットを振らせにかかるかもしれない。そうなると――。

奏多は頭の中で次に投げてくるボールを予測する。

ピッチャーが一度、二塁を見てから足を上げた。

奏多はピッチャーの手から離れたボールを、ただ一点を見ながらバットを振った。

ボールはファーストの頭上を抜ける。ライトの選手は前に出てきていたため、フェンスに直撃したボールにはすぐに追いつけない。

味方ベンチからは歓声が上がる。二塁ランナーは確実にホームインできる打球だ。奏多も必死に走った。

まずは一点。だけどもう一点。逆転の可能性が出てきた。

二塁ベースを回り、奏多は三塁を目指す。余裕で行けると思った。だが、ライトからの送球が、想像よりも良かった。逸れることなく、まっすぐにサードを守る選手のグラブに向かっている。

――セーフにしてやる。

そう思いながら奏多はスライディングをする。三塁ベースを踏むことしか考えていなかった。その結果――。

「壊れちゃったな……」

右側のテンプルが折れてしまった。

通常の動きならブレない設計ではあるが、接触した際に、眼鏡が飛んで地面に落ちた。プレー中のことだ。相手に悪気も落ち度もない。ただ運悪く、地面に落ちた眼鏡を、相手選手に踏まれてしまった。

「……接着剤でくっつけるのはダメなんだよな」

そう、玲央が言っていた。それを聞いていなければ、奏多もやってしまうところだった。

「もっと、いろいろ話を聞きたかったな……」

奏多は店内を見回した。

店内は最初にこの店を訪れたときとは大違いだ。

この店はもう、閉めてしまうのだろうか。もともと玲央の祖父ももう、半分閉めた状態だったらしいのだから、そうなるのが自然かもしれない。

この場所からみんないなくなる。だけどそれが寂しい。初めてここへ来た日のことは、忘れられない思い出だから——。

※

眼鏡を作って欲しいと頼んだ奏多を、玲央は自分の店に連れてきた。店内は雑然としていたが、玲央の動きに無駄はなかった。

「お答えいただいたアンケートを見たところ、怪我前の視力は左右とも一・二。検査した数値では、怪我をしていない右目もやや視力が落ちているようですが、それでも一・〇は見えています。そして怪我をした左目ですが、視力検査で、〇・二の数値が出ています。左右差はありますし、良好とは言えませんが、日常生活においては、眼鏡を使用しつつ、右目で補っていける範囲でしょう」

「はい、不便と言えば不便ですけど、生活はできます。でもよく見えないんです。いや、よく見えないっていうか、前みたいに見えないっていうか」

何とか伝えようと、奏多は手を動かしながら言葉を探していたが、ボヤーっととか、モヤモヤとなどと、具体的な説明ができずにいた。

「ええと……」

焦る奏多に、玲央は落ち着いてください、と言った。

「岸谷さんの訴えは当然のことです。手術で損傷した水晶体の代わりに、人工レンズを左目に入れましたが、これはもともと自分の身体に備わっていたものとは違い、カメラのようなオートフォーカス機能は備えていません」

「それは聞いています。だからスマホとかは、左目だと近くが見えなくて、右目だけで見ています」

玲央は理解を示すように、ゆっくりとうなずいた。

「ええ、岸谷さんが挿入したレンズで近くにピントを合わせるなら、その方法がベストでしょう。この先医学が進化し、失った身体の一部分を再現できるようになれば状況は変わりますが、現状これ以上の回復は難しいと思われます」

「そう……ですよね」

「プレーに違和感があるのは、岸谷さんの目に入っているレンズは、遠くを見る単焦点用のものだからでしょう」

「多焦点もあるって聞いたけど、保険適用外でめちゃくちゃ高いって言われて、諦めたんです」

「確かに、近くも遠くもピントが合う多焦点レンズは存在します。そしておっしゃる通り、今の日本では保険適用外ですので金額は単焦点の五倍くらいするはずです。ただ仮に、金銭的に問題がなかったとしても、元の目と同じ状態にはならないと、私は考えます」

「どうしてですか？」

再手術をすれば……そんなことも薄っすらと考えていた奏多は、否定されて目の前が暗くなる。

「レンズの構造上起きてしまうハロやグレアという光の眩しさや、強い光源があると視界が白んでしまうような眩しさが、片目だけに起きてしまうからです」

日本語で説明されているはずだが、見えづらいということ以外理解できない。奏多が首をかしげていると、玲央は「他にも理由はあります」と言った。

「今の説明とは別の理由ですが、老眼の人が使う、遠近両用のレンズが入っていると想像してもいいかと思います」

奏多の頭の中の回路がつながる。パッと明るくなったような気がした。

「それなら、祖父ちゃんが使っていました。新聞読むのにも、車の運転するのにも、不自由ないように買ったって。でも、思ったほど新聞は読みやすくなかったみたいで、結局別の老眼鏡を使っていたような……」

「はい。個人差はありますが、若かったころの目と同じだけのものを求める、というのであれば、難しいと思います。新聞を読むくらいであれば、慣れていくかもしれませんが、近くを見て遠くを見る。無意識な動作ですが、身体の中では複雑なことが瞬時に行われています」

「つまり俺の左目は、その複雑なことを一瞬でするのは無理だと」

良くできました、と玲央は小学校の先生のような眼差しで奏多を見ていた。

「右目のようには難しいでしょう」

「だったら、左目をつむっているとか、視力検査の時に使う眼鏡のように見えなくしてしまうとかは？」

「物理的に片目を隠すことは難しくありませんが、それでは立体感などがつかみにくくなることが予想されます。さらに言うなら、野球のボールは動いています。ホームベースと、ピッチャーが立つマウンドの距離は十八・四四メートル。そこからボールが飛んできます。しかも百五十キロのボールの場合、わずか〇・四秒程度で手元まできます。直径七二・九三ミリ〜七四・八四ミリのものを、たった〇・四秒でとらえるというのは、どんなに良い状態の目でもきわめて困難です」

奏多もマウンドとの距離が十八メートルくらい、ということは知っているが、小数点以下の数字までは覚えていない。玲央の頭の中はどうなっているのかと驚いた。

「でも怪我をする前は見えていました」

「ええ、甲子園に出場し、プロを目指すレベルは、一般の人と比べるとすでに超人的なことをしていると言えます。だからこそ、普段の生活では大きな支障はなくても、問題になるのです」

「だったら眼鏡を作っても、野球は無理なんじゃ……」

玲央の説明は、これまで聞いたどの医師よりもわかりやすかった。その分、奏多が求めているものが無理だということを理解するしかなかった。

「そうです」

「やっぱり無理なんだ……」

「ですから私は、眼鏡を変えたら良く見えるようになるとは断言できないのです」

声のトーンは、さっきと少しも変わらない。それなのに、奏多が欲している言葉ではないせいか冷たく感じる。

ふぅ……と、ため息をついて肩を落とすと、玲央が「ただ」と、言いながら奏多の顔を覗き込んだ。

「今よりはよく見えるようになる眼鏡を作ることは可能です、とは断言できます。でもそれは……前と同じは無理、ということです。受け入れるかどうかは、岸谷さん次第です」

玲央が言っていることは正しい。明日までに眼鏡が必要と言ったのは、奏多なのだから。

奏多は自分の頭に手を伸ばし、短い髪に指を入れた。

やっぱりどれだけ説明を聞いても、奏多の目は元には戻らないということはハッキリしている。そして眼鏡の可能性は、試してみなければわからないということも……。

それなら答えは一つしかない。

「今から、お願いできますか？」

ゆっくりと唇を横に引いた玲央は、百人が百人見ても綺麗だと思う笑みを浮かべてうなずいた。

玲央の作業中、奏多はいつの間にか寝てしまっていた。起こされたときには、窓の外が薄っすらと明るくなっていた。

「天宮さん、もしかして徹夜ですか？」

玲央ははい、とも、いいえ、とも言わなかった。ただ否定しないことは、肯定しているともいえた。自分が店のソファで寝ていたことを考えると、申し訳なさが募る。

「すみません。今日、お仕事ありますよね？　大丈夫ですか？」

「問題ありません。それよりあちらに」

玲央が指をさしたカウンターの上には、真新しい眼鏡が置かれていた。

奏多は新しい眼鏡を手に取った。

レンズ下にフレームがないのは、守備のときバウンドしたボールを見やすくするためと、玲央は説明してくれた。もっとも、今日の奏多は守備につく予定はない。だからレンズをぐるりと一周するフレームでも構わないのだが、玲央はこの先も使えるようにと、未来も考えてくれた。

「かけてもいいですか？」

「もちろんです」

奏多は鏡の前に移動して、両手でフレームを持った。それまでとは違うデザインのため、なんだか自分の顔ではないみたいだった。

「ちょっと、右側のほうが下がっていますね。――失礼します」

失礼します、の、しつれ……くらいで、玲央の手は奏多の顔に向かっていた。不意打ちに近い行動は、奏多を固まらせるには十分な効果がある。

「え……あの……」

奏多の反応で、驚いたことは伝わったらしい。

「驚かせてしまい、申し訳ありません。でも動かれると直せません」

「あ、はい……」

眼鏡を扱っている玲央のまなざしは、怖いくらい真剣だった。寸分の狂いも許さないといわんばかりの表情で、フレームの角度や位置、顔との距離を確認する。そのつど、奏多に眼鏡をかけてくれるものだから、玲央の顔が近づく。奏多は蛇ににらまれたカエルのようだ。

玲央の年齢はわからないが、肌が綺麗だ。「陶器のよう」という比喩《ひゆ》は、一般的には女性に使う言葉だろうが、玲央の肌にはその表現がぴったりだ。

何より、これまで奏多が気にも留めなかった眼鏡に、こんなにも真剣に向き合っている人がいたことが発見だった。

「あの……天宮さんが眼鏡にかかわる仕事をしたいと思ったのは、いつからなんですか？」

玲央の手が止まる。

「いきなりすみません。何か俺、今まで野球しか見ていなかったんだなあって思ったら、知りたくなって」

構いませんよ、と言った玲央は、嫌がる様子もなく話してくれた。

「祖父の仕事を見ていましたので、子どものころから漠然と、自分が継ぐものだと思っていました。祖父は一度も、強制しませんでしたが」

「具体的に決めたのは？」

「高校生のときです」

「途中で辞めたくなったことはなかったですか？」

何で？　を連発する子どものように質問を重ねる奏多に、玲央は口元を少し緩ませる。

「ありましたよ。私の場合、大学からアメリカに渡ったこともあったとは思いますが、言葉以上に、文化や考え方の違いに戸惑いました。特に、仕事を始めてからのほうが困惑することが多かったです。休暇で帰国していたとき、このまま日本に残ろうかと思ったりもしました」

「辞めたいと思ったのを踏みとどまった理由は？　――すみません！　プライベートなことまで聞いて。答えなくていいです」

踏み込みすぎた質問だと気づいた奏多は慌てる。

だが玲央に気にした様子はなく、むしろ話したいのだと言わんばかりに、奏多の目をじっと見た。

「五年くらい前になると思いますが……頑張る人を見たからだと思います。自分より年下の人が、必死に頑張っているのだから自分だって、と」

「へえ……」

「それより眼鏡のことですが、多少右側が曲っていましたので修正いたしました。これで左右の高さがそろったはずです」

奏多は少し鏡に顔を近づける。鏡に映る顔を見て気づけるレベルの傾き具合ではない。

鏡から目を外し、店内の天井や床を見る。窓際へ行き、外を眺めた。

これまで奏多の左目の前にだけかかっていた靄《もや》が消える。


——世界が開けた。いや、見えている世界が美しかった。

まだ外はうっすらと明るい程度で、日中の眩しさもない。だけど、建物が、木が、道路の標識が、左目で見ても明確に形を持っていることを思い出させてくれる。真夏の太陽の下ではないのに、あの夏——奏多が一番輝いていた高校時代の夏のように、街がキラキラと輝いていた。

勢いよく振り返った奏多は、玲央に駆け寄った。

「よくわからないけど、前より見える気がします！」

興奮が抑えられず、テンション高く言う。だが玲央は無言だった。

「あ……。俺、マズいこと言いましたよね？　よくわからないって……でも、うまく言えないですけど、前よりくっきりしている感じがするんです。眼鏡のレンズの度が強くなったという感じともちょっと違いますけど」

何とか伝えようと奏多が言葉を重ねていると、玲央がほほ笑んだ。

※

奏多が玲央と出会ったころのことを思い出していると、突然店のドアが開いた。

真鍋は温泉旅行へ行っていて、他の常連客たちも、何かしら予定があるはずだ。

「すみません、店は閉めていて……」

眼鏡をかけた柊一が笑顔で店の中に入って来た。

「野球しよ」

柊一はおもちゃのバットと、ゴムのボールを持っている。奏多との約束を叶えに来たらしい。

「今から？」

「だって、この前いなかったから」

「……ゴメン」

「約束したでしょ。眼鏡かけたら野球してくれるって」

「柊一！　先に行かないで。危ないでしょ」

柊一の母親も店に飛び込んできた。どうやら、柊一に置いて行かれたらしい。

「こら、危ないことしたらダメだろ」

奏多が睨むと、柊一は「野球したかったの！」と、バットを振る。

「突然お邪魔してすみません。お店に電話をしたものの つながらず、メールも返信がなかったので、岸谷さんのご都合のよろしい日をうかがおうと、直接来てしまって」

母親と柊一との間に、どんなやりとりがあったのか、奏多にはわからない。が、柊一がごねただろうことは想像できた。母親はしきりに、申し訳ありません、と詫びの言葉を口にしていた。

「いえ、こちらこそ電話に出られなくて申し訳ありません。自分はちょっと出ていましたし、玲央さんは……」

「アメリカに行かれているんですよね？」

「え？」

「この前、柊一の眼鏡を受け取りに来たときに、そううかがいました」

そうか、と奏多は思った。

柊一の眼鏡のメンテナンスなどのこともある。玲央のことだから、その辺もきちんと伝えていたのだろう。きっと、知り合いの眼鏡店などを紹介しているに違いない。もしくは、玲央の祖父に引継ぎをしておいたかのどちらかだ。

でも奏多は何も聞いていない。

「ねえ、野球やろ？　今日はだめ？　いつならできる？　お兄ちゃんは、野球が凄く上手だって、眼鏡の人が言ってたよ」

「眼鏡の人って何だよ……。てか個人情報を勝手に……」

奏多の声が震える。

玲央は、そんなに奏多に野球をさせたかったのだろうか。もしかしたら、以前のように大学リーグでプレーをして欲しかったのだろうか。

せっかく眼鏡を作ったのに、いつまでもうじうじしていた奏多に思うところがあったのだろうか。

「ねえ、いつやる？　このバット。お父さんが買ってくれたんだ。眼鏡に慣れたら、今度は本物買ってくれるって言ってた。だから一緒にやろう？」

せがむ柊一が、奏多のズボンを握る。

「うん、でもさ……」

今の奏多は、もちろん柊一と野球をしたい。だけど……。

「眼鏡、壊れちゃったんだよ」

「壊れてないよ？　新しいもん」

柊一は自分の眼鏡を指さした。最初は慣れなかっただろうが、抵抗は薄くなったのか、得意げな顔をしている。玲央が見たらきっと喜ぶだろう。

でも奏多は、こんなにすぐには受け入れられなかった。

「違うよ。壊れたのは俺の眼鏡。だから野球はしたいけど……」

店のドアが開く。音の方を向くと――。

「奏多くんの眼鏡は僕が直すよ」

玲央がいた。視鮮堂のドアのところに、出発したときと同じコートを着て立っていた。

嘘だ。幻だ。ここにいるわけがない。奏多は目を疑った。

「眼鏡の人！」

柊一の声が玲央を現実にした。

「……なんで？」

「ただいま」

玲央がアメリカに発ってから、まだ五日しか経っていない。それなのに、「ただいま」

と言った。

「アメリカに帰ったんじゃ……」

「うん、荷物を日本へ送る手配と、職場に挨拶をするためにね。会いたい人もいたし」

玲央はいつも通りだ。特別な感慨もなく、アメリカに行って、何もかも終わらせたようなことを言っている。

「それより奏多くん、野球するの？」

「いやいや、それよりって何ですか。さっぱりワケがわからないんですけど！」

「僕の方こそ、奏多くんが何でそんなに混乱しているのかがわからないんだけど……もしかして、僕がアメリカからもう、帰ってこないって思っていた？　まさかね」

「まさかじゃなくて、そうです！」

「何で？」

「だって、勤めていた眼科を辞めて、アメリカに帰るって……」

「僕は一言も〝帰る〟とは言ってないよ」

「そんなこと――あれ？」

玲央がため息をついた。

「〝戻る〟って言ったんだよ」

「同じことじゃないですか！」

「違うよ。僕の中で帰るってのは、拠点へ行くという意味だし、戻るってのは、元居た場所へ行ってくるって意味で使っていたんだ。辞書的な意味は違うかもしれないけど」

「そんなの、わかるわけないです！」

「ていうか、本当に帰るなら何も言わずにいなくならないし、祖父のことだって放っておけないでしょ」

確かに、病院にいるうちは医師や看護師が常にいるが、退院したからといって、高齢者が今までのように過ごせるかはわからない。しかも退院はこれからだ。

「えっと……でも玲央さん、部屋を片づけていたし……」

「向こうの荷物が届いたら、置場に困るから。だからこっちのいらない物を処分していたんだけど？」

「あ……えっと、でも！　移動の時間を考えると、アメリカにいたのって、正味三日くらいですよね」

「丸々使えたのは二日程度かもね」

「手際、良すぎません？」

「祖父が倒れる前に、向こうでアパートを移ることにしていたから、荷造りは済んでいたし、アメリカを発つ直前にアパートの解約もしていたんだ。日本にいるのが長くなると思っていたからね。だから今回は、預けていた荷物の配送を手配しただけだよ」

「それなら、わざわざ行かなくても人に頼めば……」

「うん。モノだけならね。ただ、職場には一度挨拶をしたかったし、会いたい人もいたから」

電話の相手だ、と奏多は思った。電話をかけてきた相手は、若い女性の声だった。

「その人とは……」

「会ってきたよ。ちゃんと話して、納得してもらった」

別れ話だろうか。それともその相手が、今度は日本へ来るということなのだろうか。

「元同僚に引継ぎしたし、彼女ももう、聞き分けのできる年齢になったからね。理解してもらえたから、心残りはないよ」

清々《すがすが》しささえ感じる玲央の言葉を聞きながら、奏多は盛大な誤解をしていたのかもしれないことに気づいた。

同僚に引継ぎ？　聞き分けのできる年齢？

「あの……彼女って」

ああ、と何か気づいたように玲央はうなずいた。

「先月十歳になったんだ。最初に会ったのは、五歳のころだけどね。柊一くんとあまり変わらないころだよ。検査で弱視だと診断されて、眼鏡が必要になって。そのとき、眼鏡をかけたくないとだいぶ抵抗されたんだけど、ずっと僕が見ていたから、懐《なつ》いちゃって」

「……懐いた」

奏多は頭を抱えたくなった。

話の筋は通っている。玲央が言っていることに嘘があるとは思わない。ただ……。

「行く前にちゃんと、説明してくださいよ！」

「でも、僕が説明しようとしたら、奏多くんが突然引っ越すとか言い出すから！」

「え……あ……いやでも、あんな出発直前に言わなくてもいいじゃないですか」

「大人が五日程度不在になるのを、事前告知しなくても大丈夫だと思ったんだよ。奏多くん、バイトしたり、どこかへ出かけていたりして、忙しそうだったし」

「それは、引っ越ししないとだと思ったから。だって、玲央さんのお祖父さんが退院してこの家に戻ってきたら、俺がいると邪魔だろうし。お祖父さんは玲央さんがいなくても、俺がこの家にいていいみたいなことを言っていましたけど、やっぱりどう考えてもおかしいじゃないですか。まったくの赤の他人を、住まわせているなんて」

「邪魔なんて、僕は一言も言っていないよね？　というか、お祖父ちゃんの話って……え、何？　どういうこと？」

もはや玲央も奏多も、何が何だかわからなかった。

わかっているのは、二人の話がちぐはぐで嚙み合っていないということだけだ。

奏多が挑むように玲央を見ると「あの……」と、控えめな声がした。

柊一の母親が、いたたまれない様子で、奏多と玲央を見ている。

「また後日、うかがった方がよろしいでしょうか？」

「えー、野球は？」

まったく事態を把握していない柊一は、無邪気にバットを振りながら、外へ行こうよー、と不満そうに唇を尖らせていた。


「さて、最初に聞きたいんだけど」

柊一と母親が店を出て、視鮮堂の店内のソファで、奏多は玲央と向かい合っていた。ただ、数日ぶりの再会を喜ぶ空気ではない。声は落ち着いているが、玲央は明らかに怒っている。

俺、怒られるようなことをした？

奏多は言い返したい気持ちを抑えながら、とりあえず「はい」と返事をした。

「なぜ、ここから引っ越すの？」

「だからそれは……玲央さんがアメリカに帰ると思ったから」

「仮にそうだとしても、僕も祖父も、奏多くんを追い出すなんてことはしないよ」

「そうかもしれませんけど、玲央さんがいないのに、俺がここにいるのは、おかしいって思ったんです。それにお祖父さんだって、俺がいたら休まらないだろうし」

玲央はため息をつきながら、頭をガリガリと掻いた。

「ここを出て、生活できるわけ？」

「安いアパートなら、何とか……」

「これから就職活動も始まるのに、バイトばかりしていられるの？」

「体力には自信があります！」

玲央は無言だった。奏多から目を逸らして頭を抱えていた。ただ、その仕草だけで、やっぱり怒っていることは伝わってきた。

奏多にだってわかっている。バイト中心の生活に不安がないわけではない。

「せっかく玲央さんが助けてくれて、大学を続けられたので、ここで諦めちゃダメだと思って」

「だから、僕を頼ってくれればいいものを……いや」

一旦、言葉を止めた玲央が顔を上げた。

「僕がちゃんと説明しなかったのが悪かったね」

それから玲央は、アメリカでの生活を完全に終わらせ、今後は日本に住むことにしたと言った。

「それにね、お祖父ちゃんは退院するけど、ここには帰ってこないよ」

「え、やっぱり俺がいるから……」

玲央が先走る奏多を制するように、手のひらを向けた。

「違うよ。生活に不安があるから、ケアがついている高齢者向けの住居に住むことになったんだ。もちろん僕は家に帰ってきて欲しいと言ったし、介護が必要ならするつもりだったけど、お祖父ちゃんはどうしてもそれは嫌だって。だから、この前申し込みを済ませた。ちなみにそれは、僕がアメリカにいたころから考えていて、見学にも行っていたってことは、あとから聞いた話だけどね」

「そうだったんですか」

「ここから電車で一時間くらいのところだから、ちょくちょく会いに行くつもりだし、状況によっては引き上げるかもしれないけど……お祖父ちゃん的には、終《つい》の棲家《すみか》にするつもりらしいよ」

「じゃあ視鮮堂は？」

「もちろんやるよ。営業時間に関しては、まだ悩んでいるけど、今までよりもずっとお店に向き合うつもりだ。だから、向こうでの生活を完全に終わらせてきたんだ」

「それは、いつまでですか？」

「無期限だよ」

玲央は悩む素振りもなく言いきり、店内を愛おしそうに、目を細めて見回した。

「これからは、お店を続けられるように考えていくし、きっとまだ僕ができることはあるからね」

「それはもちろん！」

「だから、奏多くん手伝ってよ」

本当に良いのだろうか。

奏多はまだ、自分に何ができるかわからない。眼鏡のことだって、ようやく興味を持ち始めたところだし、将来的にかかわる予定は、今のところはない。

どうしても踏み出せない奏多に、玲央は表情を暗くする。

「今度は、僕に助けさせてよ」

絞りだしたような玲央の声は、どこか辛そうだ。だが奏多はなぜ玲央が辛そうなのかまったくわからない。

奏多がそう、疑問を口にすると、玲央は店の棚から、一冊の雑誌を取り出してきた。奏多が少しばかり載っている、高校野球の特集の古い雑誌だった。

「本当は、奏多くんのことを前から知っていたんだ」

「ええ？」

玲央はそれから、数年前一時帰国しているときに、奏多が出ている甲子園の試合をテレビで観ていたこと、さらに初来院のときにこめかみの傷を見て、あのときの高校球児だと気づいたということ、そしてそのとき、奏多のプレーを見て勇気づけられたということ。それらを奏多に口を挟ませることなく、玲央は一気に話した。

「えっと……それならそうと、最初に言ってくれれば……」

「ヤだよ、そんなの」

「どうしてですか？」

「どうしても！」

なぜか玲央は、半ギレ状態で言わない。いや、違う。恥ずかしいのだということは、いつもより少し赤くなった耳を見れば、奏多にもわかった。

「とにかく！　奏多くんはここにいていいから！　それに、僕一人だと片づけられないからね。このお店にお客さんを迎え入れられるかは、奏多くんにかかっているんだよ」

無茶苦茶な理論をまくしたてた玲央はソファから立ち上がり、カウンターの前で足を止める。が、すぐに戻ってきて、テーブルの前で立ち止まった。

「手始めに最初の仕事は、これの代わりを作らないとだよね？」

玲央は壊れた眼鏡を持ち上げた。

「あっ！」

スッと真顔に戻る玲央は、オプトメトリストとして仕事をするいつもの顔になっていた。

「僕がいない間になにがあったのか、説明してくれるかな?」

玲央は怒ってはいない。怒ってはいないが、すべて白状するまで、離さない。そんな空気をまとっている。

「あ、はい……」

もちろん奏多は、この五日間の出来事を詳細に報告した。


薄紅《うすべに》色の花びらが風に舞っていた。

満開を少し過ぎた桜は、少し風が吹くたびに無数の花びらを散らし、晴れ渡った青空に、ピンク色がよく映えた。

汗ばむ陽気ではないが、その色合いを眺めているだけで、心も身体もポカポカとしてくる。

だが奏多にとっては、桜よりも目を奪われるものがあった。

「凄い数ですね。……人が」

「そこ?」

「もちろん花も凄いですけど、それより人が……」

目黒川《めぐろがわ》を挟んだ両隣に車両の通らない道路がある。そこを歩行者が同じ方向に進みながら桜を眺めていた。混乱を避けるには、それしかないのだろう。

「俺の地元だと歩きながら見るって、あまりしなかった気がするんですよね。桜の木の下にレジャーシートを敷いて、何か食べるのが定番ですから」

「東京だってそういう場所はあるけど、ここはスペース的に難しいんだろうね」

「ですね」

誰かがレジャーシートを広げたら、途端に通行を止めてしまうだろう。

とはいえ、一ヵ所にとどまらない分、前後不覚に陥った酔っぱらいは見かけないし、歩きながら変わる景色と桜を楽しむのも悪くはなかった。

道路の脇には、和洋様々な種類の店が、飲食を販売している。屋台という形式ではないが、桜の時期はひと際気合が入っているらしく、店内から声を張り上げている店員の熱量がそれを物語っていた。

横を歩いていた玲央が足を止める。

「奏多くんも飲む？」

「え？　ああ……イチゴ入りのシャンパンですか？」

「厳密には、スパークリングワインだけどね。ロゼのシャンパンにイチゴを入れたのが流行りみたいだよ」

「美味しいんですか？」

「さあ？　僕も桜の季節にこっちにいたのは未成年のころだから。まあ、こういうのに味を求めるのは野暮じゃないかな。雰囲気を楽しむものでしょ」

昼から飲むのに抵抗がある。というか、そもそも奏多は、そんなにアルコールが好きではない。わざわざ飲みたいというほどではなかった。

奏多が断ると、玲央は「じゃあ、僕は飲ませてもらうよ」と、店員に注文していた。

ドリンクを受け取るまでの間、奏多は川の方へ行き、桜の木の下に立った。

見ごろを少し過ぎたとはいえ、真下から見ると、桜の花は空を隠すほど咲き誇っている。

「綺麗だなあ……」

去年の今ごろは、グラウンドで汗を流していた。それが遠い出来事のように感じるくらい、この一年……半年は凝縮した、濃い時間を過ごした。

「口を開けて上を見ていると、花びら食べちゃうかもよ？」

玲央が奏多のすぐ後ろに立っていて、はい、と透明なプラスチック製のグラスを渡してくれた。

「俺、頼んでないですよ」

透明な炭酸の液体の中に、イチゴが五つ入っている。

「サイダーだよ。僕一人で飲むのも寂しいから、付き合って」

「ありがとうございます」

正直なところ、イチゴが入っているとはいえ、サイダーの味は変わらない。だけど、花を見ながら飲むと、ちょっと特別な感じがした。

「桜を見に来たつもりなのに、ついつい何が売っているか気になるんだよね。何しに来たのかって思うけど」

「実は俺も、串焼きが気になっています」

わざと煙をあおいでいるだろ、と思うくらい匂いが漂ってくる。さっきから奏多の腹が空腹を主張していた。

「せっかくだから、何か食べようか」

「花より団子とはよく言ったものですね」

「奏多くんは、そんなに真剣に桜を見るつもりだったの？」

「んー……」

見たかったけど、じっくり眺めるつもりがあったかと言われたら、確かに何となく雰囲気を味わえれば良かった。

奏多はグラスの中のイチゴを口に含んで「いえ」と答える。口の中に甘酸《あまず》っぱいイチゴの香りが広がった。

もう一度、首が直角になるくらい上を見る。そのとき、ざあっと風が吹いて、小雨が降るように、花びらが舞った。

「綺麗だな」

「そう、良かった」

玲央の声はどこか安堵《あんど》を感じさせた。

奏多はただ、綺麗だな、と言っただけだ。それのどこが良かっ——。

「ああ、はい。よく見えます。新しい眼鏡」

新しいレンズ越しに見る世界は綺麗だった。

「タイミングよく届いたよね」

「不思議な感じですね。自分で作ったフレームを使うなんて」

玲央がアメリカから帰ってきた日。鯖江で作ったフレームが届いた。仕上げは職人がしたこともあって、ガタついていた断面も滑らかになっていた。以前のものは玲央が修理をしてくれ、野球のときに使いなさい、とまた奏多の手元に戻って来た。

「奏多くんは視鮮堂の店員だからね。やっぱり場に合った眼鏡を使った方が、説得力が増すと思うんだ」

フレーム代はすでに収めていたとはいえ、レンズだけでも値段が可愛くない。もちろん、奏多は代金を支払うと言ったが、玲央は頑なに受け取ってくれなかった。

「使って知るところはあるから、いろいろ試しなよ」

与えられてばかりで、今のところ何も返せていない奏多は、やっぱり心苦しい。

「十分助かっているから」

「ある意味、助けないでいい環境になって欲しい気もしますけどね……。玲央さんは物を捨てないし、使ったものをもとの場所に戻さないから、ゴチャゴチャになるんですよ」

「わかってる」

「わかっているなら、やってください」

玲央がスッと視線を逸らした。どう考えてもやりそうもない。しかも、視鮮堂の営業時間を延ばすために、店の中の物もまた、動かし始めた。

「一度にやろうとするから、上手くいかないんです。エリアごとに分けて、片づけていったらどうですか？」

「だって片づけ始めると、他も気になるから」

ただの言い訳だろ、と奏多は思ったが、それ以上は黙っておいた。

今はまだ、奏多ができるのはそれくらいしかないから。

もしかして、奏多に役割を——居場所を与えるために、玲央は片づけないのかもしれない。……考えすぎだろうけど。

「あ、そうだ。来週、眼鏡の展示会があるんだ。新しいものを並べたいんだよね。奏多くんも一緒に行く？」

「はい！　……てか、新しいモノを並べるのは良いですけど、店の中を片づけてからにしてくださいよ」

「それまでに片づけが終わるかなあ」

「いやいやいや、だったら花見なんてしてないで、すぐ帰って片づけましょうよ」

「まだ、飲み終わってないよ」

玲央はグラスを目の高さくらいまでかかげる。半分くらい残っていた。

「俺はもう、全部飲みました。玲央さんもちゃちゃっと飲んでください！」

「そんな情緒のない言い方しなくても」

玲央にとっては酔うほどの量ではないはずだ。だが、薄っすらと頬を赤くしていた。

この場の雰囲気に、酔っているのだろうか。

確かに、慌ただしく飲むのはもったいない気がする。

ザザッとまた、風が吹いて花びらが飛んできた。

「あっ……」

風に舞った花びらが、奏多のグラスの中に一枚落ちる。

長くは続かないこの時間。もう少しだけ、楽しんでも良いかな、と奏多は思った。

エピローグ

玲央が視鮮堂に新しく出迎えた眼鏡を並べる横で、奏多が「まったくもう」と、不機嫌そうにつぶやいている。ただ、文句を口にしつつも、片づけの手を休めないのは奏多らしい。玲央の部屋、居間、店、と収納場所を区分している。素晴らしく手際が良かった。余計なことを言えば確実に怒られることがわかっている玲央は、奏多の声は聞こえないフリをして、今しがた届いた箱から、一つずつ眼鏡のフレームを取り出した。

先日、眼鏡の展示会へ行って、仕入れてきた商品だ。一般客が入れないそこは、商談の場でもある。普段、多くの商品を一度に見ることは難しいが、展示会であれば新作が一気に出そろう。日本での展示会に参加したのは初めてだったが、玲央は満足のいく仕入れができたと思っていた。

ショーケースの中に、一つずつ並べていく。この眼鏡はどんな人が似合うだろうか。輪郭は、顔の大きさは、目と目の間隔は。最近では肌の色味によって、似合う色があるということも勉強し始めた玲央は、鼻歌でも歌いたい気分で作業を進めていた。

「まったく、今日届くってわかっていたはずなのに」

店内の片づけをしている奏多が、ブツブツからはっきりと不満を口にしていた。さすがに、聞こえないフリはこれ以上できなかった。

「ごめんなさい」

「わかっていたなら、片づけておきましょうよ」

「いや、ほら、片づけてはいたんだよ。ただ、荷物をとき始めたら……」

船便を使ったため、時間がかかってしまったが、アメリカから玲央が送った荷物が、展示会へ行く三日前に届いた。奏多が言っているのはそのことだ。

「玲央さんの片づけは、箱から物を出しているだけで、しまわないから収拾がつかなくなるんです。一度に出したら、混乱するだけです」

「はい……」

「玲央さんは収納検定五級だって怪しいです」

「五級……?」

「はい、一級から五級まであって、一級はプロレベルです」

「五級は?」

「幼児向けらしいです」

「幼児……」

いくらなんでもと思って店の中を見ると、まだ奏多の手が入っていない場所は、おもちや箱をひっくり返したようになっている。子どものころから、散らかしているのか、片づけているのかわからない惨状になるのは、成長していないのだろう。

だが奏多の手にかかると、的確に物が振り分けられていく。玲央が眼鏡のフレームを陳列している間に、七割くらいは荷物が片づいていた。

「奏多くんは、一級も取れるんじゃない？」

「俺の片づけは、テクニックがどうこうということではありません。必要な物を振り分けているだけです」

自覚はあるものの、遠回しに自分がダメだと言われている玲央は肩を落とした。

「でもまあ、良いですよ。そのために俺がいるので」

優しい奏多の言葉に、玲央はせめて使ったハサミは元の場所に戻そうと決心する。

奏多がショーケースの中を見て、いいな、と呟いた。

視線の先を追うと、リムが横長の六角形になっているものがあった。形は個性的だが、透明なプラスチックフレームのため、それほど強い印象を与えない。

「かけてみる？」

「どうしてですか？」

「いえ、そうじゃなくて……」

「どうしてって、いいなって言ったから」

奏多がショーケースの中からその眼鏡を取り出してケースの上に置いた。試してみるのかと思いきや、奏多の手が玲央の両肩に置かれた。

「座ってください」

「え？」

玲央はかなり強引に、近くにあった丸イスに座らせられる。

「この眼鏡、玲央さんに似合うと思うんですよね」

「え、いや、僕はこういうのは今まで……」

「動かないでください」

優しく、だけど拒否できない奏多の言い方に、玲央は固まる。

奏多の手がどんどん近づいていく。思った以上にスムーズに、今使っている眼鏡が外された。

玲央の背中に汗が伝う。

これまで老若男女に玲央がしてきたことだが、人にされるのは慣れていない。ここ最近は、鏡を使って自分で確認しているから、誰にもこんなことはされなかった。

「自分で……」

「俺がします」

奏多の声が笑っている。

イスに座る玲央に視線を合わせるように、奏多が腰をかがめた。夜の闇のように深い色をした目が、玲央の前にあった。

玲央は思わず呼吸を止めてしまう。数秒のハズなのに、その時間はとてつもなく長く感じた。

「はい、どうぞ」

近くに鏡が置かれる。今かけているフレームには、度入りのレンズが入っていないため、玲央は鏡に顔を寄せなければ見えなかった。

不思議な感じがした。玲央はこれまでこの手のタイプの眼鏡をかけたことはなかったし、似合うとは思ってもいなかったからだ。

ただかけてみたら、なぜ今まで手を出さなかったのかとすら思った。

「うん……いいね」

「でしょう?」

ぼんやりとしか奏多の表情は見えないが、声だけでドヤ顔しているのはわかった。

「奏多くんさ……」

「なんですか?」

「このあと来るお客さんが迷っている様子だったら、いろいろ勧めてみたらどうかな」

玲央はいつもの眼鏡にかけ替える。レンズ越しに見る奏多は、ちょっと戸惑っていた。

「イメージチェンジしたいと言いつつ、これまでと違う物を試すのに躊躇する人は少なくないからね。そういうとき、背中を押してあげると良いかもしれない」

「あ、はい……やってみます。っていうか、このあと来るって、俺、聞いていませんけど？」

「言ってなかった？　今朝連絡が入って、三十分後くらいにいらっしゃる予定だよ」

玲央がごめんごめん、と謝ると、奏多は猛然と片づけを始めた。

「玲央さんも、手伝ってください！」

「手伝うっていうか、僕の荷物だよね」

「わかっているなら早くしてください！　こんなところ、お客様に見せるわけにはいきませんから」

それから三十分間、奏多はてきぱきと指示を出し、時に玲央にダメ出しをしながら、いつもの二倍くらいのスピードで片づけをした。


整えられた店の中で、玲央と奏多が並んでいるとチャイムが鳴った。

本当の意味でスタートする視鮮堂に、少し緊張した面持ちの客が中へと入って来る。

「いらっしゃいませ」

玲央と奏多の声が響く視鮮堂の外には、真新しい看板がついていた。

参考文献・サイト

めがねを買いに　藤裕美　WAVE出版
鯖江の眼鏡　福井県眼鏡協会／加藤麻司　三省堂書店／創英社
眼科ケア2022年秋季増刊　眼鏡処方おたすけ帖　メディカ出版
魔法のメガネ屋の秘密　早川さや香　集英社
大谷　専門家も驚く目力　角膜、瞳孔、視力、左右―日刊スポーツ（nikkansports.com）
【危険！】早く治療すれば回復したのに…「50人に一人もいる！子どもの弱視の見逃し」に気をつけて！―たまひよ（st.benesse.ne.jp）
めがねの匠と技｜JAPAN GLASSES FACTORY
Plazlink Satin Black オプティカル｜Oakley® 日本

この作品は書き下ろしです。

〈著者紹介〉

桜井美奈（さくらい・みな）

2013年、第19回電撃小説大賞で大賞を受賞した『きじかくしの庭』でデビュー。主な作品に『落第教師 和久井祥子の卒業試験』『嘘が見える僕は、素直な君に恋をした』『塀の中の美容室』『居酒屋すずめ 迷い鳥たちの学校』『幻想列車 上野駅18番線』『殺した夫が帰ってきました』『相続人はいっしょに暮らしてください』『私が先生を殺した』『私、死体と結婚します』などがある。

眼鏡屋《めがねや》 視鮮堂《しせんどう》

優《やさ》しい目《め》の君《きみ》に

2024年6月14日 第1刷発行 定価はカバーに表示してあります

著者……………………………桜井美奈《さくらいみな》

発行者……………………………森田浩章

発行所……………………………株式会社 講談社

〒112-8001 東京都文京区音羽2-12-21

編集03-5395-3510

販売03-5395-5817

業務03-5395-3615

KODANSHA

本文データ制作……………講談社デジタル製作

印刷……………………………株式会社ＫＰＳプロダクツ

製本……………………………株式会社国宝社

カバー印刷……………………株式会社新藤慶昌堂

装丁フォーマット…………ムシカゴグラフィクス

本文フォーマット…………next door design

ISBN978-4-06-535343-1 N.D.C.913 308p 15cm

講談社タイガ

桜井美奈

幻想列車
上野駅18番線

イラスト
カシワイ

上野駅の幻の18番線には、乗客の記憶を一つだけ消してくれる列車が停まっている。秘密のホームへの扉の鍵を手にした4人が忘却を願うのは、大好きなはずのピアノ、事故で死んだ最愛の息子、最悪のクリスマスイブ、そして幼い頃犯した罪。忘れられるものなら忘れたい——でも、本当に？　自分の過去と向き合うため、彼らは謎めいた車掌と不思議な生き物・テオと共に旅に出る。

白川紺子

海神《わだつみ》の娘

黄金の花嫁と滅びの曲

イラスト

丑山 雨

世界の南のはずれ、蛇神の抜け殻から生まれた島々。領主は「海神《わだつみ》の娘」を娶《めと》り、加護を受けていた。沙来《しゃらい》の天才楽師・忌《き》は海から聞こえる音色に心奪われ、滅びの曲と知らずに奏でてしまう。隣国・沙文《しゃもん》と戦を重ねていた沙来は領主を失い、「海神の娘」累《るい》が産んだ男児は「敵国・沙文の次の領主となる」と託宣を受ける。自らの運命を知り、懸命に生きる若き領主と神の娘の婚姻譚。

講談社
タイガ

WWシリーズ

森 博嗣

何故エリーズは語らなかったのか？

Why Didn't Elise Speak?

photo
Jeanloup Sieff

「エリーズ・ギャロワ博士が会いたがっている」人工知能たちが、グアトにそんな噂を教えてくれた。面談を求められるような理由に心当たりはなかった。ほどなくして彼女は行方不明になってしまう。

ギャロワ博士は、ヴァーチャル世界に資する研究を続け、ついに「究極の恵み」とまで賞される成果をあげたという。博士は自らの意志で姿を消したのか、それとも事件に巻き込まれてしまったのか。

講談社タイガ

館四重奏シリーズ

阿津川辰海

黄土館の殺人

イラスト
緒賀岳志

殺人を企む一人の男が、土砂崩れを前に途方にくれた。復讐《ふくしゅう》相手の住む荒土館《こうとかん》が地震で孤立して、犯行が不可能となったからだ。そのとき土砂の向こうから女の声がした。声は、交換殺人を申し入れてきた——。同じころ、大学生になった僕は、旅行先で「名探偵」の葛城《かつらぎ》と引き離され、荒土館に滞在することになる。孤高の芸術一家を襲う連続殺人。葛城はいない。僕は惨劇《さんげき》を生き残れるか。

講談社タイガ

探偵は御簾の中シリーズ

汀こるもの

探偵は御簾の中

同じ心にあらずとも

イラスト
しきみ

契約結婚から八年。ヘタレな検非違使別当《けびいしべっとう》（警察トップ）の夫・祐高《すけたか》は今更妻に恋をして盛り上がっていた。頭脳明晰な妻・忍《しのぶ》は夫の人間性を疑い、家出を決行。旅先で、賊に襲われた高貴な僧「蟬丸《せみまる》」に出会う。賊を追ってきた少将純直《すみなお》にも思惑がありそうで——。京《みやこ》を離れた初瀬《はつせ》で蠢《うごめ》く政争に忍が迫り、妻のもとへ祐高が駆けつける。平安貴族の両片思い夫婦に大団円は訪れるのか？

講談社
タイガ

水無月家の許嫁シリーズ

友麻 碧

水無月家の許嫁3

天女降臨の地

イラスト
花邑まい

明らかになった水無月《みなづき》家の闇。百年に一度生まれる〝不老不死〟の神通力を持つ葉《よう》は、一族の掟で余呉湖の龍に贄子《にえこ》として喰われる運命にあるという。敵陣に攫われた六花《りっか》は無力感に苛まれるも、輝夜《かぐや》姫《ひめ》なら龍との盟約を書き換えて葉を救えると知る。「私はもう大切な家族を失いたくない」嵐山で過ごした大切な日々を胸に決意を固めた六花は、ついに輝夜姫としての力を覚醒させる——！